U0437289

天壹文化

东北师范大学，分部入在当日

我的画画，更是遣兴而已。我很欣赏宋人诗："四时佳兴与人同。"人活着，就得有点兴致。……偶尔喝了两杯酒，一时兴起，便裁出一张宣纸，随意画两笔。

我们吃了中饭出来到海边去。……瞧着，这儿一只，那边又起了两！一起就冲着天顶飞，小翅膀动活得多快活，圆圆的，不踌躇的飞，——它们就认识青天。

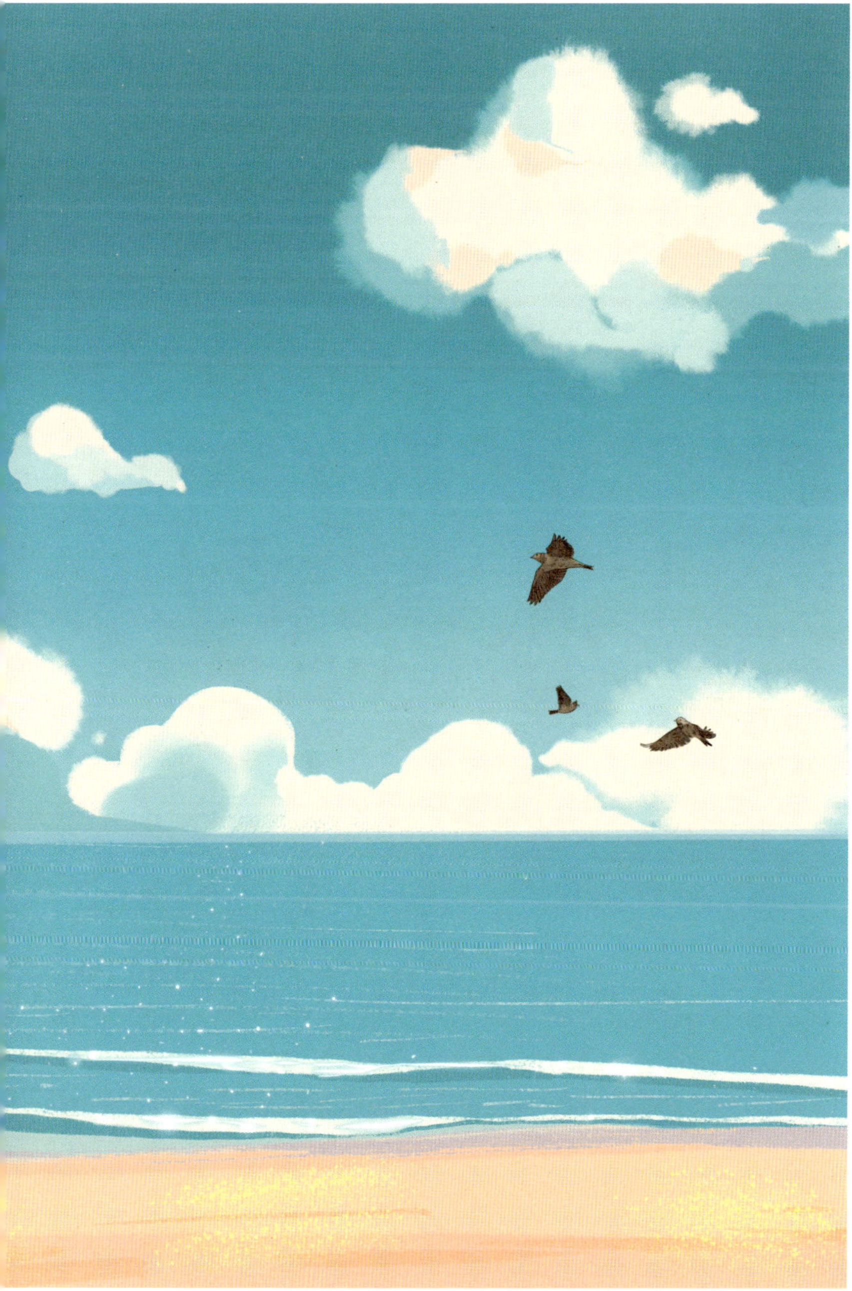

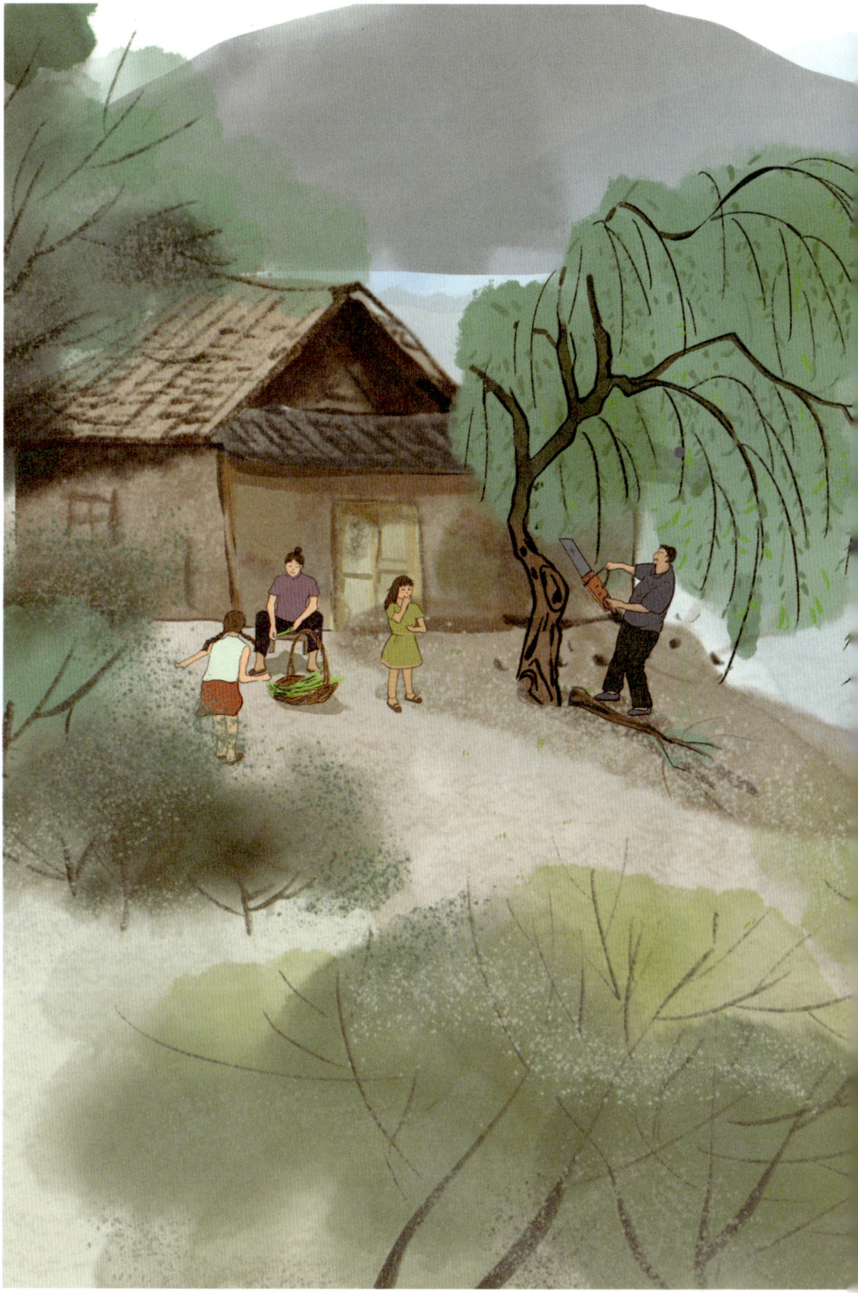

小孩手臂样粗的树枝『拍』地一落下，不但本树的姿态为之一亮，就是前后左右各树的气象及周围的气氛，在他看来，也都如一新。

我总在心上泛起一种辽远的感觉,觉得这些徒步旅行者是属于另一个世界——一个浪漫的世界;他们与我,一个刻板式的家居者,是完全道不同不相为谋的。

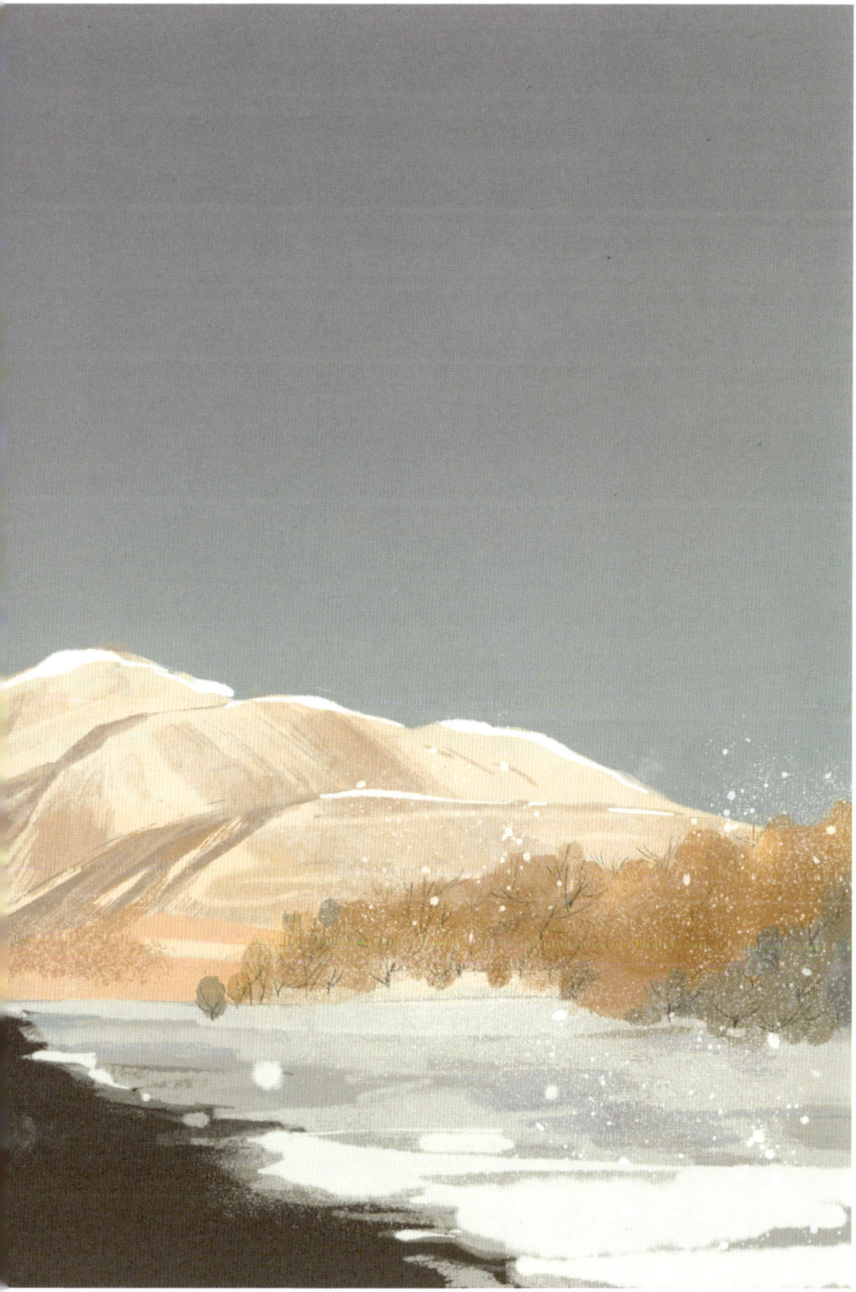

我恍若看到这不是一张树叶,分明是一张日历,一张被不可见的手扯下来的日历。这上面写着的是一个无形的字:"秋"。

好好过一生

史铁生 等著

天地出版社 | TIANDI PRESS

目 录

第一章 年华似水，莫负好时光

我的梦想	史铁生 / 003
渐	丰子恺 / 008
匆　匆	朱自清 / 013
时　光	冯骥才 / 015
想　飞	徐志摩 / 019
光　阴	陆　蠡 / 026
孤独者	郁达夫 / 032

第二章　不如做个闲人

这几个月的生活	老　舍	/ 041
在乡下	老　舍	/ 047
书画自娱	汪曾祺	/ 050
闲　居	丰子恺	/ 053
山中的历日	郑振铎	/ 058
长　闲	夏丏尊	/ 065
睡眠至上	许君远	/ 073

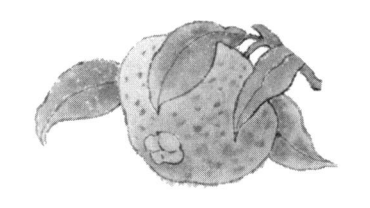

第三章　糊涂一点，潇洒一点

自得其乐	汪曾祺 / 079
谈幽默	老　舍 / 088
生活和幽默	邓　拓 / 097
吹牛的妙用	庐　隐 / 101
不开心与开心	周瘦鹃 / 105
"春朝"一刻值千金	梁遇春 / 108
幽默的叫卖声	夏丏尊 / 115
宴之趣	郑振铎 / 118

第四章　人生需要一点天真

天真与经验	梁遇春 / 127
泪与笑	梁遇春 / 134
现代青年的烦闷	傅　雷 / 139
沉　默	朱自清 / 144
孤独的生活	萧　红 / 149
又是一年芳草绿	老　舍 / 154
给一个忧郁的孩子	靳　以 / 160
青年人的苦闷	胡　适 / 165
寂　寞	陆　蠡 / 172

第五章　人这一辈子

刹　那	朱自清 / 179
生　命	沈从文 / 185
人死观	梁遇春 / 189
永远的憧憬和追求	萧　红 / 199
"迎上前去"	徐志摩 / 202
略谈人生观	胡　适 / 210
徒步旅行者	朱　湘 / 215

第六章　趁年轻，去爱吧

小船上的信	沈从文 / 225
醒来觉得甚是爱你	朱生豪 / 230
寂　寞	鲁　彦 / 234
寄给一个失恋人的信（二）	梁遇春 / 236
她走了	梁遇春 / 242

第一章
年华似水,莫负好时光

我的梦想

史铁生

也许是因为人缺了什么就更喜欢什么吧,我的两条腿一动不能动,却是个体育迷。我不光喜欢看足球、篮球以及各种球类比赛,也喜欢看田径、游泳、拳击、滑冰、滑雪、自行车和汽车比赛,总之我是个全能体育迷。当然都是从电视里看,体育场馆门前都有很高的台阶,我上不去。如果这一天电视里有精彩的体育节目,好了,我早晨一睁眼就觉得像过节一般,一天当中无论干什么心里都想着它,一分一秒都过得愉快。有时我也怕很多重大比赛集中在一天或几天(譬如刚刚闭幕的奥运会),那样我会把其他要紧的事都耽误掉。

其实我是第二喜欢足球,第三喜欢文学,第一喜欢田径。我能说出所有田径项目的世界纪录是多少,是由谁保持的,保持的时间长还是短。譬如说男子跳远纪录是由比蒙保持的，二十年了还没有人能破，不过这事不大公平，比蒙是在地处高原的墨西哥城跳出这八米九〇的，而刘易斯在平原跳出的八米七二事实上比前者还要伟大，但却不能算世界纪录。这些纪录是我顺便记住的，田径运动的魅力不在于纪录，人反正是干不过上帝；但人的力量、意志和优美却能从那奔跑与跳跃中得以充分展现，这才是它的魅力所在。它比任何舞蹈都好看，任何舞蹈跟它比起来都显得矫揉造作甚至故弄玄虚。也许是我见过的舞蹈太少了。而你看刘易斯或者摩西跑起来，你会觉得他们是从人的原始中跑来，跑向无休止的人的未来，全身如风似水般滚动的肌肤就是最自然的舞蹈和最自由的歌。

　　我最喜欢并且羡慕的人就是刘易斯。他身高一米八八，肩宽腿长，像一头黑色的猎豹，随便一跑就是十秒以内，随便一跳就在八米开外，而且在最重要的比赛中他的动作也是那么舒展、轻捷、富于韵律，绝不像流行歌星们的唱歌，唱到最后总让人怀疑这到底是要干什么。不怕读者诸君笑话，我常暗自祈祷上苍，假若人真能有来世，我不要求别的，只要求有刘易斯那样一副身体就好。我还设想，那时的人又会普遍比现在高了，因此我至少要有一米九以上的身材；那时的百米速度也会普遍比现在快，所以我不能只跑九秒九几。作小说的人多是白日梦患者。好在这白日梦并不令我沮丧，我是因为现实的这个史铁生太令人沮丧，才想出这法子来给他宽慰与向往。我对刘易斯的喜爱和崇拜与日俱增。相信他是世界上最幸福的人。我想若是有什么办法能使我变成他，我肯定不惜一切代价；如果我来世能有那样一个健美的躯体，今天这一身残病的折磨也就得了足够的报偿。

奥运会上，约翰逊战胜刘易斯的那个中午我难过极了，心里别别扭扭别别扭扭的一直到晚上，夜里也没睡好觉。眼前老翻腾着中午的场面：所有的人都在向约翰逊欢呼，所有的旗帜与鲜花都向约翰逊挥舞，浪潮般的记者们簇拥着约翰逊走出比赛场，而刘易斯被冷落在一旁。刘易斯当时那茫然若失的目光就像个可怜的孩子，让我一阵阵的心疼。一连几天我都闷闷不乐，总想着刘易斯此刻会怎样痛苦，不愿意再看电视里重播那个中午的比赛，不愿意听别人谈论这件事，甚至替刘易斯嫉妒着约翰逊，在心里找很多理由向自己说明还是刘易斯最棒；自然这全无济于事，我竟似比刘易斯还败得惨，还迷失得深重。这岂不是怪事么？在外人看来这岂不是精神病么？我慢慢去想其中的原因。是因为一个美的偶像被打破了么？如果仅仅是这样，我完全可以惋惜一阵再去竖立起约翰逊嘛，约翰逊的雄姿并不比刘易斯逊色。是因为我这人太恋旧，骨子里太保守吗？可是我非常明白，后来者居上是最应该庆祝的事。或者是刘易斯没跑好让我遗憾？可是九秒九二是他最好的成绩。到底为什么呢？最后我知道了：我看见了所谓"最幸福的人"的不幸，刘易斯那茫然的目光使我的"最幸福"的定义动摇了继而粉碎了。上帝从来不对任何人施舍"最幸福"这三个字，他在所有人的欲望前面设下永恒的距离，公平地给每一个人以局限。如果不能在超越自我局限的无尽路途上去理解幸福，那么史铁生的不能跑与刘易斯的不能跑得更快就完全等同，都是沮丧与痛苦的根源。假若刘易斯不能懂得这些事，我相信，在前述那个中午，他一定是世界上最不幸的人。

在百米决赛后的第二天，刘易斯在跳远决赛中跳出了八米七二，他是个好样的。看来他懂，他知道奥林匹斯山上的神火为何而燃烧，那不是为了一个人把另一个人战败，而是为了有机会向诸神炫耀人类的不屈，命定的局限尽可永在，不屈的挑战却不可须臾或缺。我不敢说刘易斯就是这样，但我希望刘易斯是这样，我一往情深地喜爱并崇拜这样一个刘易斯。

这样，我的白日梦就需要重新设计一番了。至少我不再愿意用我领悟到的这一切，仅仅去换一个健美的躯体，去换一米九以上的身高和九秒七九乃至九秒六九的速度，原因很简单，我不想在来世的某一个中午成为最不幸的人；即使人可以跑出九秒五九，也仍然意味着局限。我希望既有一个健美的躯体又有一个了悟了人生意义的灵魂，我希望二者兼得。但是，前者可以祈望上帝的恩赐，后者却必须在千难万苦中靠自己去获取——我的白日梦到底该怎样设计呢？千万不要说，倘若二者不可兼得你要哪一个？不要这样说，因为人活着必要有一个最美的梦想。

后来知道，约翰逊跑出了九秒七九是因为服用了兴奋剂。对此我们该说什么呢？我在报纸上见了这样一个消息，他的牙买加故乡的人们说："约翰逊什么时候愿意回来，我们都会欢迎他，不管他做错了什么事，他都是牙买加的儿子。"这几句话让我感动至深。难道我们不该对灵魂有了残疾的人，比对肢体有了残疾的人，给予更多的同情和爱吗？

选自《史铁生散文》，人民文学出版社 2007 年 3 月

渐

丰子恺

使人生圆滑进行的微妙的要素，莫如"渐"；造物主骗人的手段，也莫如"渐"。在不知不觉之中，天真烂漫的孩子"渐渐"变成野心勃勃的青年；慷慨豪侠的青年"渐渐"变成冷酷的成人；血气旺盛的成人"渐渐"变成顽固的老头子。因为其变更是渐进的，一年一年地、一月一月地、一日一日地、一时一时地、一分一分地、一秒一秒地渐进，犹如从斜度极缓的长远的山坡上走下来，使人不察其递降的痕迹，不见其各阶段的境界，而似乎觉得常在同样的地位，恒久不变，又无时不有生的意趣与价值，于是人生就被确实肯定，而圆滑进行了。假使人生的进行不像山坡而像风琴的键板，由 do 忽然移到 re，即如昨夜的孩子今朝忽然变成青年；或者像旋律"接离进行"地由do忽然跳到mi，即如朝为青年而夕暮忽成老人，人一定要惊讶、感慨、悲伤，或痛感人生的无常，而不乐为人了。故可知人生是由"渐"维持的。这在女人恐怕尤为必要：歌剧中，舞台上的如花的少女，就是将来火炉旁边的老婆子。这句话，骤听使人不能相信，少女也不肯承认，实则现在的老婆子都是由如花的少女"渐渐"变成的。

人之能堪受境遇的变衰，也全靠这"渐"的助力。巨富的纨绔子弟因屡次破产而"渐渐"荡尽其家产，变为贫者；贫者只得做佣工，佣工往往变为奴隶，奴隶容易变为无赖，无赖与乞丐相去甚近，乞丐不妨做偷儿……这样的例，在小说中，在实际上，均多得很。因为其变衰是延长为十年二十年而一步一步地"渐渐"地达到的，在本人不感到有什么强烈的刺激。故虽到了饥寒病苦刑笞交迫的地步，仍是熙熙然贪恋着目前的生的欢喜。假如一位千金之子忽然变成了乞丐或偷儿，这人一定愤不欲生了。

这真是大自然的神秘的原则，造物主的微妙的功夫！阴阳潜移，春秋代序，以及物类的衰荣生杀，无不暗合于这法则。由萌芽的春"渐渐"变成绿阴的夏，由凋零的秋"渐渐"变成枯寂的冬。我们虽已经历数十寒暑，但在围炉拥衾的冬夜仍是难以想象饮冰挥扇的夏日的心情；反之亦然。然而由冬一天一天地、一时一时地、一分一分地、一秒一秒地移向夏，由夏一天一天地、一时一时地、一分一分地、一秒一秒地移向冬，其间实在没有显著的痕迹可寻。昼夜也是如此：傍晚坐在窗下看书，书页上"渐渐"地黑起来，倘不断地看下去（目力能因了光的渐弱而渐渐加强），几乎永远可以认识书页上的字迹，即不觉昼之已变为夜。黎明凭窗，不瞬目地注视东天，也不辨自夜向昼的推移的痕迹。儿女渐渐长大起来，在朝夕相见的父母全不觉得，难得见面的远亲就相见不相识了。往年除夕，我们曾在红蜡烛底下守候水仙花开放，真是痴态！倘水仙花果真当面开放给我们看，便是自然的原则的破坏，宇宙的根本的摇动，世界人类的末日临到了。

"渐"的作用，就是用每步相差极微极缓的方法来隐蔽时间的过去与事物的变迁的痕迹，使人误认其为恒久不变。这真是造物主骗人的一大诡计！这有一件比喻的故事：某农夫每天朝晨抱了犊而跳过一沟，到田里去工作，夕暮又抱了它跳过沟回家。每日如此，未尝间断。过了一年，犊已渐大，渐重，差不多变成大牛，但农夫全不觉得，仍是抱了它跳沟。有一天他因事停止工作，次日再就不能抱了这牛而跳沟了。造物的骗人，使人留连于其每日每时的生的欢喜而不觉其变迁与辛苦，就是用这个方法的。人们每日在抱了日重一日的牛而跳沟，不准停止，自己误以为是不变的，其实每日在增加其苦劳！

我觉得时辰钟是人生的最好的象征了。时辰钟的针，平常一看总觉得是"不动"的；其实人造物中最常动的无过于时辰钟的针了。日常生活中的人生也如此。刻刻觉得我是我，似乎这"我"永远不变，实则与时辰钟的针一样的无常！一息尚存，总觉得我仍是我，我没有变，还是留连着我的生，可怜受尽"渐"的欺骗！

"渐"的本质是"时间"。时间，我觉得比空间更为不可思议，犹之时间艺术的音乐比空间艺术的绘画更为神秘。因为空间姑且不追究它如何广大或无限，我们总可以把握其一端，认定其一点。时间则全然无从把握，不可挽留，只有过去与未来在渺茫之中不绝地相追逐而已。性质上既已渺茫不可思议，分量上在人生也似乎太多。因为一般人对于时间的悟性，似乎只够支配搭船乘车的短时间；对于百年的长期间的寿命，他们不能胜任，往往迷于局部而不能顾及全体。试看乘火车的旅客中，常有明达的人，有的宁牺牲暂时的安乐而让其座位于老弱者，以求心的太平（或博暂时的美誉）；有的见众人争先下车，而退在后面，或高呼"勿要轧，总有得下去的！""大家都要下去的！"然而在乘"社会"或"世界"的大火车的"人生"的长期的旅客中，就少有这样的明达之人。所以我觉得百年的寿命，定得太长。像现在的世界上的人，倘定他们只有搭船乘车的期间的寿命，也许在人类社会上可减少许多凶险残惨的争斗，而与火车中一样的谦让，和平，也未可知。

然人类中也有几个能胜任百年的或千古的寿命的人。那是"大人格""大人生"。他们能不为"渐"所迷，不为造物所欺，而收缩无限的时间并空间于方寸的心中。故佛家能纳须弥于芥子。中国古诗人（白居易）说："蜗牛角上争何事？石火光中寄此身。"英国诗人（Blake[①]）也说："一粒沙里见世界，一朵花里见天国；手掌里盛住无限，一刹那便是永劫。"

选自《缘缘堂随笔》，人民文学出版社 1957 年 11 月

[①] Blake：即威廉·布莱克（William Blake），著有诗集《纯真之歌》《经验之歌》等。——编者注

匆匆

朱自清

燕子去了,有再来的时候;杨柳枯了,有再青的时候;桃花谢了,有再开的时候。但是,聪明的,你告诉我,我们的日子为什么一去不复返呢?——是有人偷了他们罢:那是谁?又藏在何处呢?是他们自己逃走了罢:现在又到了哪里呢?

我不知道他们给了我多少日子,但我的手确乎是渐渐空虚了。在默默里算着,八千多日子已经从我手中溜去;像针尖上一滴水滴在大海里,我的日子滴在时间的流里,没有声音,也没有影子。我不禁头涔涔而泪潸潸了。

去的尽管去了,来的尽管来着,去来的中间,又怎样地匆匆呢?早上我起来的时候,小屋里射进两三方斜斜的太阳。太阳他有脚啊,轻轻悄悄地挪移了;我也茫茫然跟着旋转。于是——洗手的时候,日子从水盆里过去;吃饭的时候,日子从饭碗里过去;默默时,便从凝然的双眼前过去。我觉察他去得匆匆了,伸出手遮挽时,他又从遮挽着的手边过去;天黑时,我躺在床上,他便伶伶俐俐地从我身上跨过,从我脚边飞去了。等我睁开眼和太阳再见,这算又溜走了一日。我掩着面叹息,但是新来的日子的影儿又开始在叹息里闪过了。

在逃去如飞的日子里,在千门万户的世界里的我能做些什么呢?只有徘徊罢了,只有匆匆罢了。在八千多日的匆匆里,除徘徊外,又剩些什么呢?过去的日子如轻烟,被微风吹散了,如薄雾,被初阳蒸融了。我留着些什么痕迹呢?我何曾留着像游丝样的痕迹呢?我赤裸裸来到这世界,转眼间也将赤裸裸的回去罢?但不能平的,为什么偏要白白走这一遭啊?

你聪明的,告诉我,我们的日子为什么一去不复返呢?

选自《踪迹》,亚东图书馆 1924 年 12 月

时　光

冯骥才

一岁将尽，便进入一种此间特有的情氛中。平日里奔波忙碌，只觉得时间的紧迫，很难感受到"时光"的存在。时间属于现实，时光属于人生。然而到了年终时分，时光的感觉乍然出现。它短促、有限、性急，你在后边追它，却始终抓不到它飘举的衣袂。它飞也似的向着年的终点扎去。等到你真的将它超越，年已经过去，那一大片时光便留在过往不复的岁月里了。

今晚突然停电，摸黑点起蜡烛。烛光如光明的花苞，宁静地浮在漆墨的空间里；室内无风，这光之花苞便分外优雅与美丽；些许的光散布开来，朦胧依稀地勾勒出周边的事物。没有电就没有音乐相伴，但我有比音乐更好的伴侣——思考。

可是对于生活最具悟性的，不是思想者，而是普通大众。比如大众俗语中，把临近年终这几天称作"年根儿"，多么真切和形象！它叫我们顿时发觉，一棵本来是绿意盈盈的岁月之树，已被我们消耗殆尽，只剩下一点点根底。时光竟然这样的紧迫、拮据与深浓……

一下子，一年里经历过的种种事物的影像全都重叠地堆在眼前，不管这些事情怎样庞杂与艰辛，无奈与突兀。我更想从中找到自己的足痕，从春天落英缤纷的京都退藏到冬日小雨空潆的雅典德尔菲遗址；从重庆荒芜的红卫兵墓到津南那条神奇的蛤蜊堤；从一个会场到另一个会场，一个活动到另一个活动中；究竟哪一些足迹至今清晰犹在，哪一些足迹杂沓模糊甚至早被时光干干净净一抹而去？

我瞪着眼前的重重黑影，使劲看去。就在烛光散布的尽头，忽然看到一双眼睛正直对着我。目光冷峻锐利，逼视而来。这原是我放在那里的一尊木雕的北宋天王像，然而此刻他的目光却变得分外有力。他何以穿过夜的浓雾，穿过漫长的八百年，锐不可当、考问似的直视着任何敢于朝他瞧上一眼的人？显然，是由于八百年前那位不知名的民间雕工传神的本领、非凡的才气；他还把一种阳刚正气和直逼邪恶的精神注入其中。如今那位无名雕工早已了无踪影，然而他那令人震撼的生命精神却保存下来。

在这里，时光不是分毫不曾消逝么？

植物死了，把它的生命留在种子里；诗人离去，把他的生命留在诗句里。

时光对于人，其实就是生命的过程。当生命走到终点，不一定消失得没有痕迹，有时它还会转化为另一种形态存在或再生。母与子的生命的转换，不就在延续着整个人类吗？再造生命，才是最伟大的生命奇迹。而此中，艺术家们应是最幸福的一种。唯有他们能用自己的生命去再造一个新的生命。小说家再造的是代代相传的人物；作曲家再造的是他们那个可以听到的迷人而永在的灵魂。

此刻，我的眸子闪闪发亮，视野开阔，房间里的一切艺术珍品都一点点地呈现。它们不是被烛光照亮，而是被我陡然觉醒的心智召唤出来的。

其实我最清晰和最深刻的足迹，应是书桌下边，水泥的地面上那两个被自己的双足磨成的浅坑。我的时光只有被安顿在这里，它才不会消失，而被我转化成一个个独异又鲜活的生命，以及一行行永不褪色的文字。然而我一年里把多少时光抛入尘嚣，或是支付给种种一闪即逝的虚幻的社会场景，甚至有时属于自己的时光反成了别人的恩赐。检阅一下自己创造的人物吧，掂量他们的寿命有多长。艺术家的生命是用艺术的生命计量的。每个艺术家都有可能达到永恒，放弃掉的只能是自己。是不是？

迎面那宋代天王瞪着我，等我回答。

我无言以对，尴尬到了自感狼狈。

忽然，电来了，灯光大亮，事物通明，恍如更换天地。刚才那片幽阔深远的思想世界顿时不在，唯有烛火空自燃烧，显得多余。再看那宋代的天王像，在灯光里仿佛换了一个神气，不再那样咄咄逼人了。

我也不用回答他，因为我已经回答自己了。

选自《冯骥才散文》，人民文学出版社 1995 年 12 月

想 飞

徐志摩

假如这时候窗子外有雪——街上,城墙上,屋脊上,都是雪,胡同口一家屋檐下偎着一个戴黑兜帽的巡警,半拢着睡眼,看棉团似的雪花在半空中跳着玩……假如这夜是一个深极了的啊,不是壁上挂钟的时针指示给我们看的深夜,这深就比是一个山洞的深,一个往下钻螺旋形的山洞的深……

假如我能有这样一个深夜,它那无底的阴森捻起我遍体的毫管;再能有窗子外不住往下筛的雪,筛淡了远近间飏动的市谣;筛泯了在泥道上挣扎的车轮;筛灭了脑壳中不妥协的潜流……

我要那深,我要那静。那在树荫浓密处躲着的夜鹰轻易不敢在天光还在照亮时出来睁眼。思想;它也得等。

青天里有一点子黑的。正冲着太阳耀眼,望不真,你把手遮着眼,对着那两株树缝里瞧,黑的,有榧子来大,不,有桃子来大——嘿,又移着往西了!

我们吃了中饭出来到海边去。(这是英国康槐尔[①]极南的一角,三面是大西洋)。勖丽丽的叫响从我们的脚底下匀匀的往上颤,齐着腰,到了肩高,过了头顶,高入了云,高出了云。啊!你能不能把一种急震的乐音想象成一阵光明的细雨,从蓝天里冲着这平铺着青绿的地面不住的下?不,那雨点都是跳舞的小脚,安琪儿的。云雀们也吃过了饭,离开了它们卑微的地巢飞往高处做工去。上帝给它们的工作,替上帝做的工作。瞧着,这儿一只,那边又起了两!一起就冲着天顶飞,小翅膀动活得多快活,圆圆的,不踌躇的飞,——它们就认识青天。一起就开口唱,小嗓子动活得多快活,一颗颗小精圆珠子直往外唾,亮亮的唾,脆脆的唾,——它们赞美的是青天。瞧着,这飞得多高,有豆子大,有芝麻大,黑刺刺的一屑,直顶着无底的天顶细细的摇,——这全看不见了,影子都没了!但这光明

[①] 康槐尔:今译作"康沃尔",是英格兰西南端的郡,位于德文郡以西。——编者注

的细雨还是不住的下着……

　　飞。"其翼若垂天之云……背负苍天，而莫之夭阏者"，那不容易见着。我们镇上东关厢外有一座黄泥山，山顶上有一座七层的塔，塔尖顶着天。塔院里常常打钟，钟声响动时，那在太阳西晒的时候多，一枝艳艳的大红花贴在西山的鬓边回照着塔山上的云彩，——钟声响动时，绕着塔顶尖，摩着塔顶天，穿着塔顶云，有一只两只有时三只四只有时五只六只蜷着爪往地面瞧的"饿老鹰"，撑开了它们灰苍苍的大翅膀没挂恋似的在盘旋，在半空中浮着，在晚风中泅着，仿佛是按着塔院钟的波荡来练习圆舞似的。那是我做孩子时的"大鹏"。有时好天抬头不见一瓣云的时候听着貔忧忧的叫响，我们就知道那是宝塔上的饿老鹰寻食吃来了，这一想象半天里秃顶圆睛的英雄，我们背上的小翅膀骨上就仿佛豁出了一锉锉铁刷似的羽毛，摇起来呼呼响的，只一摆就冲出了书房门，钻入了玳瑁镶边的白云里玩儿去，谁耐烦站在先生书桌前晃着身子背早上上的多难背的书！啊，飞！不是那在树枝上矮矮的跳着的麻雀儿的飞；也不是那凑天黑从堂扁后背冲出来赶蚊子吃的蝙蝠的飞；也不是那软尾巴软嗓子做窠在堂檐上的燕子的飞。要飞就得满天飞，风拦不住云挡不住的飞，一翅膀就跳过一座山头，影子下来遮得阴二十亩稻田的飞，到天晚飞倦了就来绕着那塔顶尖顺着风向打圆圈做梦……听说饿老鹰会抓小鸡！

　　飞。人们原来都是会飞的。天使们有翅膀，会飞，我们初来时也有翅膀，会飞。我们最初来就是飞了来的，有的做完了事还是飞了去，他们是可羡慕的。但大多数人是忘了飞的，有的翅膀上掉了毛不长再也飞不起来，有的翅膀叫胶水给胶住了再也拉不开，有的羽毛叫人给修短了像鸽子似的只会在地上跳，有的拿背上一对翅膀上当铺去典钱使过了期再也赎不回……真的，我们一过了做孩子的日子就掉了飞的本领。但没了翅膀或是翅膀坏了不能用是一件可怕的事。因为你再也飞不回去，你蹲在地上呆望着飞不上去的天，看旁人有福气的一程一程的在青云里逍遥，那多可怜。而且翅膀又不比是你脚上的鞋，穿烂了可以再问妈要一双去，翅膀可不成，折了一根毛就是一根，没法给补的。还有，单顾着你翅膀也还不定规到时候能飞，你这身子要是不谨慎养太肥了，翅膀力量小再也拖不起，也是一样难不是？一对小翅膀驮不起一个胖肚子，那情形多可笑！到时候你听人家高声的招呼说，朋友，回去罢，趁这天还有紫色的光，你听他们的翅膀在半空中沙沙的摇响，朵朵的春云跳过来拥着他们的肩背，望着最光明的来处翩翩的，冉冉的，轻烟似的化出了你的视域，像云雀似的只留下一泻光明的骤雨——"Thou art unseen, but yet I hear thy shrill delight."——那你,独自在泥涂里淹着,够多难受,够多懊恼,够多寒伧!趁早留神你的翅膀,朋友。

是人没有不想飞的。老是在这地面上爬着够多厌烦,不说别的。飞出这圈子,飞出这圈子!到云端里去,到云端里去!那个心里不成天千百遍的这么想?飞上天空去浮着,看地球这弹丸在太空里滚着,从陆地看到海,从海再看回陆地。凌空去看一个明白——这才是做人的趣味,做人的权威,做人的交代。这皮囊要是太重挪不动,就掷了它,可能的话,飞出这圈子,飞出这圈子!

人类初发明用石器的时候,已经想长翅膀。想飞。原人洞壁上画的四不像,它的背上掮着翅膀;拿着弓箭赶野兽的,他那肩背上也给安了翅膀。小爱神是有一对粉嫩的肉翅的。挨开拉斯(Icarus)[①]是人类飞行史里第一个英雄,第一次牺牲。安琪儿(那是理想化的人)第一个标记是帮助他们飞行的翅膀。那也有沿革——你看西洋画上的表现。最初像是一对小

[①] 挨开拉斯(Icarus):今译作"伊卡洛斯",古希腊传说中能工巧匠代达罗斯(Daedalus)的儿子,与代达罗斯使用蜡和羽毛造的翼逃离克里特岛时,因飞得太高,双翼上的蜡遭太阳熔化,跌落水中而丧生。——编者注

精致的令旗，蝴蝶似的粘在安琪儿们的背上，像真的，不灵动的。渐渐的翅膀长大了，地位安准了，毛羽丰满了。画图上的天使们长上了真的可能的翅膀。人类初次实现了翅膀的观念，彻悟了飞行的意义。挨开拉斯闪不死的灵魂，回来投生又投生。人类最大的使命，是制造翅膀；最大的成功是飞！理想的极度，想象的止境，从人到神！诗是翅膀上出世的；哲理是在空中盘旋的。飞：超脱一切，笼盖一切，扫荡一切，吞吐一切。

你上那边山峰顶上试去，要是度不到这边山峰上，你就得到这万丈的深渊里去找你的葬身地！"这人形的鸟会有一天试他第一次的飞行，给这世界惊骇，使所有的著作赞美，给他所从来的栖息处永久的光荣。"啊达文謇[①]！

但是飞？自从挨开拉斯以来，人类的工作是制造翅膀，还是束缚翅膀？这翅膀，承上了文明的重量，还能飞吗？都是飞了来的，还都能飞了回去吗？钳住了，烙住了，压住了，——这人形的鸟会有试他第一次飞行的一天吗？……

[①] 达文謇：今译作"达·芬奇"，意大利文艺复兴时期的画家、自然科学家、工程师。——编者注

同时天上那一点子黑的已经迫近在我的头顶,形成了一架鸟形的机器,忽的机沿一侧,一球光直往下注,硼的一声炸响,——炸碎了我在飞行中的幻想,青天里平添了几堆破碎的浮云。

选自《自剖》,新月书店1928年1月

光　阴

陆蠡

　　我曾经想过，如若人们开始爱惜光阴，那么他的生命的积储是有一部分耗蚀的了。年轻人往往不知珍惜光阴，犹如拥资巨万的富家子，他可以任意挥霍他的钱财，等到黄金垂尽便吝啬起来，而懊悔从前的浪费了。

　　我平素不大喜爱表和钟这一类东西。它金属的利齿窸窸窣窣地将光阴啮食，而金属的手表滴滴答答地将时间一分一秒地数给我。当我还有丰余的生命留在后面，在时光的账页上我还有可观的储存，我会像一个守财奴，斤斤计较寸金和寸阴的市价么？偶然我抬头望到壁上的日历，那种红字和黑字相间的纸页把光阴划分成今天和明天。谁说动物中人是最聪明的？他们把连续的时间分成均匀的章节，费许多精神去较量它们的短长。最初他们用粗拙的工具刻画在树皮上代表昼夜,现在的人们则将日子印在没有重量的纸条上,每逢揭下一张来,便不禁想:"啊!又过了一天!"

怎样我会起了这些古怪的念头呢?是最近的一个秋日的傍晚,我在近郊散步,我迎着苍黄的落日走过去,复背着它的光辉走回来,足踩着自己的影子。"我是牵着我的思想在散步。"我对自己说。"我是踪蹑着我的影子,看我赶不赶得过它?"我一面走一面自语。"我在看我自己影子的生长,看它愈长愈快,愈快愈长。"我独语。总之,我是在散步罢了。我携着我的思想一同散步。它是羞怯得畏见阳光,老躲在我的影子里。使得我和它谈话,不得不偏过头去,伛偻着身子,正如一个高大的男子低头和身边的女子说话,是那么轻声地,絮絮地。

我们走着走着,不知从那里来的一枚树叶,飘坠在我们的脚前。那样轻,怕跌碎的样子。要不是四周是那么静寂,我准不会注意。但我注意到了,我捡了起来,我试想分辨它是什么树叶,梧桐的,枫槭的,还是樗栎的?但我恍若看到这不是一张树叶,分明是一张日历,一张被不可见的手扯下来的日历。这上面写着的是一个无形的字:"秋"。

"秋!"我微喟一声。

"秋,秋。"我的思想躲在我的影子里和答我。

我感到有点迟暮了。好像这个字代表一段逝去的光阴。

"逝去的光阴。"我的思想如刁钻的精灵，摸着了我的心思。

"光……阴。"这两个平声的没有低昂的字眼，在我的耳边震响。

光阴要逝去么？却借落叶通知我。我岂不曾拥有过大量的光阴，这年轻人唯一的财产，一如富贾之子拥有巨资。我曾是光阴富有者。同时我也想起了两个惜阴的人。

正是这样秋暖的日子，在很早很早以前。家门前的禾场上排列着一行行的谷簟，在阳光下曝晒着田里新收割来的谷粒。芙蓉花盛开着。我坐在它的荫下，坐在一只竹箩里面，——我的身子还装不满一竹箩——我玩着谷堆里捉来的蚱蜢螳螂和甲虫，我玩着玩着，无意识地玩去我的光阴。祖父是爱惜光阴的。他匆匆出去，匆匆回来，复匆匆出去，不肯有一刻休息。但是他珍惜也没有用，他仅有不多的光阴。等到他在一个悄然的夜晚，撇下我们而去时，我还不懂他为什么要离开我们，原来他把光阴用尽了。

还是在不多年以前，父亲写信给我说："你现在长大了，应该知道光阴的可贵。听说你在学校里专爱玩，功课也不用功……"父亲也珍惜起光阴来了。大概他开始忧光阴之穷匮，遂于无意中把忧心吐露给我。在当时我不是能领会的。我仍是嫌光阴过得太慢。"今天是星期一呢！"便要发愁。"什么时候是圣诞节呢？"虽则我并不喜欢这异邦的节日。"怎样还不放假呢？"我在打算怎样过那些佳美的日子。光阴是推移得太慢了，像跛脚的鸭子。于是我用欢笑去噪逐它，把它赶得快些。正如执棰的孩子驱着鸭群，嗯哨起快活的声音促紧不善于行的水禽的脚步，我曾用欢笑驱赶我的光阴。

"你曾用欢笑驱赶你的光阴。"我的思想像"回声"的化身，复述我的话。

但是很久不那么做了。竟有一次我坐在房里整半天不出去。我伏在案前，目视着阳光从桌面的一端移到另一端。我用一根尺，一只表，来计算阳光的足在我的桌面移动的速度，我观察了计算了好久。蓦然有一种感触浮起在我的脑际，我为什么干这玩意儿呢？我看见了多少次阳光从我的桌面爬过，我又多少次看见阳光从我的窗口探入，复悄悄地退出。我惯用双手交握成各种样式，遮断它的光线，把影子投在粉壁上，做出种种动物的形状，如一头羊，一只螃蟹，一只兔；或则喝一口水，朝阳光喷去，令微细的水滴把光线散成彩虹的颜色。何时使我的心变成沉重，像吝啬的老人计数他的金钱，我也在计算光阴的速度呢？我曾讥笑惜阴人之不智，终也让别人来讥笑自身么？

"你也在计算光阴的速度了。"我的思想像喜灾乐祸似的，揶揄我。

真的，我在计算光阴的速度了。我想到光阴速度的相对性，得到这样的结论：感觉上的光阴的速度是年龄的函数。我试在一张白纸上列出如下的方程式："光阴的速度等于年龄的正切的微分。"当年龄从零岁开始，进入无知的童年，感觉上的光阴速度是极微渺的。等到年龄的角度随岁月转过了半个象限（我暂将不满百的人生比作一个象限，半个象限是四十五岁了），正切线的变化便非常迅速。光阴流逝的感觉便有似白驹，似飞矢，瞬息千里了。我想了又想，渐渐陷入了一个不能自拔的思索的阱里。想到我自己在人生的象限上转过了几度呢？犹如作茧自缚，我自己衍出方程式而复把自己嵌在这式子里面，我悲哀了。

"你自己衍出方程式而复把自己嵌在里面。"思想嘤然回答，已无尖酸的口吻。

但是我无法改正这方程式，这差不多是正确的。在我的智识范围内不能发现它的错误。啊，悲哀的来源，我想把这公式从我的脑筋中擦去，已是不可能。正如我刚才捡起来的树叶，无法把它装回原来的枝上。我重新谛视这片叶，上面仍依稀显现着无形的字："秋"。

另一天，从另一枝柯上，会有不可见的手扯下另一片树叶——是一张日历——那上面写的应该是另一个字："冬"。

"冬。"我的思想似乎失去了回答的气力。

"秋……冬"，又是两个没有低昂的平声的字眼，像一滴凉水滴进我的心胸，使我有点寒意。我不能再散步了，我携着我的思想走回家，正如那西洋妇人携着她的狗，施施归去。此后我就想起：如若人们开始爱惜光阴，那么他的生命的积储是有一部分耗蚀的了。

选自《囚绿记》，文化生活出版社1940年8月

孤独者
——自传之六

郁达夫

里外湖的荷叶荷花,已经到了凋落的初期,堤边的杨柳,影子也淡起来了。几只残蝉,刚在告人以秋至的七月里的一个下午,我又带了行李,到了杭州。

因为是中途插班进去的学生,所以在宿舍里,在课堂上,都和同班的老学生们,仿佛是两个国家的国民。从嘉兴府中,转到了杭州府中,离家的路程,虽则是近了百余里,但精神上的孤独,反而更加深了!不得已,我只好把热情收敛,转向了内,固守着我自己的壁垒。

当时的学堂里的课程,英文虽也是重要的科目,但究竟还是旧习难除,中国文依旧是分别等第的最大标准。教国文的那一位桐城派的老将王老先生,于几次作文之后,对我有点注意起来了,所以进校后将近一个月光景的时候,同学们居然赠了我一个"怪物"的绰号;因为由他们眼里看来,这一个不善交际,衣装朴素,说话也不大会说的乡下蠢才,做起文章来,竟也会得压倒侪辈,当然是一件非怪物不能的天大的奇事。

杭州终于是一个省会,同学之中,大半是锦衣肉食的乡宦人家的子弟。因而同班中衣饰美好,肉色细白,举止娴雅,谈吐温存的同学,不知道有多少。而最使我惊异的,是每一个这样的同学,总有一个比他年长一点的同学,附随在一道的那一种现象。在小学里,在嘉兴府中里,这一种风气,并不是说没有,可是决没有像当时杭州府中么的风行普遍。而有几个这样的同学,非但不以被视作女性为可耻,竟也有熏香傅粉,故意在装腔作怪,卖弄富有的。我对这一种情形看得真有点气,向那一批所谓 face 的同学,当然是很明显地表示了恶感,就是向那些年长一点的同学,也时时露出了敌意;这么一来,我的"怪物"之名,就愈传愈广,我与他们之间的一条墙壁,自然也愈筑愈高了。

在学校里既然成了一个不入伙的孤独的游离分子,我的情感,我的时间和精力,当然只有钻向书本子去的一条出路。于是几个由零用钱里节省下来的仅少的金钱,就做了我的唯一娱乐积买旧书的源头活水。

那时候的杭州的旧书铺,都聚集在丰乐桥,梅花碑的两条直角形的街上。每当星期假日的早晨,我仰卧在床上,计算计算在这一礼拜里可以省下来的金钱,和能够买到的最经济最有用的册籍,就先可以得着一种快乐的预感。有时候在书店门前徘徊往复,稽延得久了,赶不上回宿舍来吃午饭,手里夹了书籍上大街羊汤饭店间壁的小面馆去吃一碗清面,心里可以同时感到十分的懊恨与无限的快慰。恨的是一碗清面的几个铜子的浪费,快慰的是一边吃面一边翻阅书本时的那一刹那的恍惚;这恍惚之情,大约是和哥伦布当发现新大陆的时候所感到的一样。

真正指示我以做诗词的门径的,是《留青新集》里的《沧浪诗话》和《白香词谱》。《西湖佳话》中的每一篇短篇,起码我总读了两遍以上。以后是流行本的各种传奇杂剧了,我当时虽则还不能十分欣赏它们的好处,但不知怎么,读了之后的那一种朦胧的回味,仿佛是当三春天气,喝醉了几十年陈的醇酒。

既与这些书籍发生了暧昧的关系,自然不免要养出些不自然的私生儿子!在嘉兴也曾经试过的稚气满幅的五七言诗句,接二连三地在一册红格子的作文簿上写满了;有时候兴奋得厉害，晚上还妨碍了睡觉。

模仿原是人生的本能，发表欲，也是同吃饭穿衣一样地强的青年作者内心的要求。歌不像歌诗不像诗的东西积得多了，第二步自然是向各报馆的匿名的投稿。

一封信寄出之后，当晚就睡不安稳了，第二天一早起来，就溜到阅报室去看报有没有送来。早餐上课之类的事情，只能说是一种日常行动的反射作用；舌尖上哪里还感得出滋味？讲堂上更哪里还有心思去听讲？下课铃一摇，又只是逃命似的向阅报室的狂奔。

第一次的投稿被采用的，记得是一首模仿宋人的五古，报纸是当时的《全浙公报》。当看见了自己缀联起来的一串文字，被植字工人排印出来的时候，虽然是用的匿名，阅报室里也决没有人会知道作者是谁，但心头正在狂跳着的我的脸上，马上就变成了朱红。轰的一声，耳朵里也响了起来，头脑摇晃得像坐在船里。眼睛也没有主意了，看了又看，看了又看，虽则从头至尾，把那一串文字看了好几遍，但自己还在疑惑，怕这并不是由我投去的稿子。再狂奔出去，上操场去跳绕一圈，回来重新又拿起那张报纸，按住心头，复看一遍，这才放心，于是乎方始感到了快活，快活得想大叫起来。

当时我用的假名很多很多，直到两三年后，觉得投稿已经有七八成的把握了，才老老实实地用上了我的真名实姓。大约旧报纸的收藏家，翻起二十几年前的《全浙公报》、《之江日报》以及上海的《神州日报》来，总还可以看到我当时所做的许多狗屁不通的诗句。现在我非但旧稿无存，就是一联半句的字眼也想不起来了，与当时的废寝忘食的热心情形来一对比，进步当然可以说是进了步，但是老去的颓唐之感，也着实可以催落我几滴自伤的眼泪。

就在那一年（一九〇九年）的冬天，留学日本的长兄回到了北京，以小京官的名义被派上了法部去行走。入陆军小学的第二位哥哥，也在这前后毕了业，入了一处隶属于标统底下的旁系驻防军队，而任了排长。

一文一武的这两位芝麻绿豆官的哥哥，在我们那小小的县里，自然也耸动了视听；但因家里的经济，稍稍宽裕了一点的结果，在我的求学程序上，反而促生了一种意外的脱线。

在外面的学堂里住足了一年，又在各报上登载了几次诗歌之后，我自以为学问早就超出了和我同时代的同年辈者，觉得按部就班地和他们在一道读死书，是不上算也是不必要的事情。所以到了宣统二年（一九一〇）的春期始业的时候，我的书桌上竟收集起了一大堆大学中学招考新生的简章！比较着，研究着，我真想一口气就读完了当时学部所定的大学及中学的学程。

中文呢，自己以为总可以对付的了；科学呢，在前面也曾经说过，为大家所不重视的；算来算去，只有英文是顶重要而也是我所最欠缺的一门。"好！就专门去读英文吧！英文一通，万事就好办了！"这一个幼稚可笑的想头，就是使我离开了正规的中学，去走教会学堂那一条捷径的原动力。

清朝末年，杭州的有势力的教会学校，有英国圣公会和美国长老会浸礼会的几个系统。而长老会办的育英书院，刚在山水明秀的江干新建校舍，改称大学。头脑简单，只知道崇拜大学这一个名字的我这毛头小子，自然是以进大学为最上的光荣，另外更还有什么奢望哩？但是一进去之后，我的失望，却比在省立的中学里读死书更加大了。

每天早晨，起床就是祷告，吃饭又是祷告；平时九点到十点是最重要的礼拜仪式，末了又是一篇祷告。《圣经》，是每年级都有的必修重要课目；礼拜天的上午，除出了重病，不能行动者外，谁也要去做半天礼拜。礼拜完后，自然又是祷告，又是查经。这一种信神的强迫，祷告的迭来，以及校内枝节细目的窒塞，想是在清朝末年曾进过教会学校的人，谁都晓得的事实，我在此地落得可以不说。

这种叩头虫似的学校生活，过上两月，一位解放的福音宣传者，竟从免费读书的候补牧师中间，揭起叛旗来了；原因是为了校长袒护厨子，竟被厨子殴打了学膳费全纳的不信教的学生。

学校风潮的发生，经过，和结局，大抵都是一样的；起始总是全体学生的罢课退校，中间是背盟者的出来复课，结果便是几个强硬者的开除。不知是幸呢还是不幸，在这一次的风潮里，我也算是强硬者的一个。

原载于1935年3月5日《人间世》第23期

第二章

不如做个闲人

这几个月的生活

老舍

自去年七月中辞去教职，到如今已快八个月了。数月里，有的朋友还把信寄到学校去；有的就说我没有了影儿；有的说我已经到哪里哪里做着什么什么事……我不愿变成个谜，教大家猜着玩，所以写几句出来，一打两用：一来解疑，二来就手儿当作稿子。

辞职后，一直住在青岛，压根儿就没动窝。青岛自秋至春都非常的安静，绝不像只在夏天来过的人所说的那么热闹。安静，所以适于写作，这就是我舍不得离开此地的原因。

除了星期日或有点病的时候，我天天总写一点，有时少至几百字，有时多过三千；平均的算，每天可得二千来字。细水长流，架不住老写，日子一多，自有成绩，可是，从发表过的来看，似乎凑不上这个数儿，那是因为长稿即使写完，也不能一口气登出，每月只能发表一两段。还有写好又扔掉也是常有的事，所以有伤耗。

地方安静，个人的生活也就有了规律。我每天差不多总是七点起床，梳洗过后便到院中去打拳，自一刻钟到半点钟，要看高兴不高兴。不过，即使高兴，也必打上一刻钟，求其不间断。遇上雨或雪，就在屋中练练小拳。

这种运动不一定比别种运动好，而且耍刀弄棒，大有义和拳上体的嫌疑。不过它的好处是方便：用不着去找伴儿，一个人随时随地都可以活动；独自打篮球，虽然胜利都是自己的，究竟不大有趣。再说，和大家一同打球，人家用多大的力气，自己也得陪着；不能一劲儿请求大家原谅。打拳呢，可长可短，可软可硬，由慢而速，亦可由速而慢，缺乏纪律，可是能够从心所欲不逾矩。它没有篮球足球那么激烈，可比纯徒手操活泼，练上几趟就多少能见点汗儿；背上微微见汗，脸色微红，最为舒服。只要有恒心，天天活动一会儿，必定有益。

打完拳，我便去浇花，喜花而不会养，只有天天浇水，以求不亏心。有的花不知好歹，水多就死；有的花，勉强的到时开几朵小花。不管它们怎样吧，反正我尽了责任。这么磨蹭十多分钟，才去吃早饭，看报。这差不多就快九点钟了。

吃过早饭,看看有应回答的信没有;若有,就先写信,溜一溜脑子;若没有,就试着写点文章。在这时候写文,不易成功,脑子总是东一头西一脚的乱闹哄。勉强的写一点,多数是得扔到纸篓去。不过,这么闹哄一阵,虽白纸上未落多少黑字,可是这一天所要写的,多少有了个谱儿,到下午便有辙可循,不至再拿起笔来发怔了。简直可以这么说,早半天的工作是抛自己的砖,以便引出自家的玉来。

十一时左右,外埠的报纸与信件来到,看报看信;也许有个朋友来谈一会儿,一早晨就这么无为而治的过去了。遇到天气特别晴美的时候,少不得就带小孩到公园去看猴,或到海边拾蛤壳。这得九点多就出发,十二时才能回来,我们是能将一里路当作十里走的;看见地上一颗特别亮的砂子,我们也能研究老大半天。

十二点吃午饭。吃完饭,我抢先去睡午觉,给孩子们示范。等孩子都决定去学我的好榜样,而闭上了眼,我便起来了;我只需一刻钟左右的休息,不必睡那伟大的觉。孩子睡了,我便可以安心拿起笔来写一阵。等到他们醒来,我就把墨水瓶盖好,一直到晚八点再打开。大概的说吧,写文的主要时间是午后两点到三点半,和晚上八点到九点半。这两个时间,我可以不受小孩们的欺侮。

九点半必定停止工作。按说，青岛的夜里最适于写文，因为各处静得连狗仿佛都懒得吠一声，可是，我不敢多写，身体钉不住；一咬牙，我便整夜的睡不好；若是早睡呢，我便能睡得像块木头，有人把我搬了走我也不知道，我可也不去睡得太早了，因为末一次的信是九点后才能送到，我得等着；还有呢，花猫每晚必出去活动，到九点后才回来，把猫收入。我才好锁上门。有时候躺下而睡不着，便读些书，直到困了为止。读书能引起倦意，写文可不能；读书是把别人的思想装入自己的脑子里，写文是把自己的思想挤出来，这两样不是一回事，写文更累得慌。

星期六下午和星期日整天，该热闹了。看朋友，约吃饭，理发，偶尔也看看电影，都在这两天。一到星期一，便又安静起来，鸦雀无声，除了和孩子们说废话，几乎连唇齿舌喉都没有了用处似的。说真的，青岛确是过于安静了。可是，只要熬过一两个月，习惯了，可也就舍不得它了。

按说，我既爱安静，而又能在这极安静的地方写点东西，岂不是很抖的事吗？唉！（必得先叹一口气！）都好哇，就是写文章吃不了饭啊！

我的身体不算很强，多写字总不能算是对我有益处的事。但是，我不在乎，多活几年，少活几年，有什么关系呢？死，我不怕；死不了而天天吃个半饱，远不如死了呢。我爱写作，可就是得挨饿，怎办呢？连版税带稿费，一共还不抵教书的收入的一半，而青岛的生活程度又是那么高，买葱要论一分钱的，坐车起码是一毛钱！怎样活下去呢？

常常接到青年朋友们的著作，教我给看，改；如有可能，给介绍到各杂志上去。每接到一份，我就要落泪，我没有工夫给详细的改，但是总抓着工夫给看一遍，尽我所能见到的给批注一下，客气的给寄回去。有好一点的呢，我当然找个相当的刊物，给介绍一下；选用与否，我不能管，尽到我的心算了。这点义务工作，不算什么；我要落泪，因为这些青年们都是想要指着投稿吃饭的呀！——这里没有饭吃！

干什么不是以力气挣钱呢，卖文章也是自食其力，不是什么坏事。不过，干这一行，第一是大有害于健康；老爬在桌上写，老思索，老憋闷得慌；有几个文人不害肺病呢？第二是卖了力气，拼了命，结果还卖不出钱来。越穷便越牢骚，越自苦，越咬牙，不久，怎样？不幸短命死矣！穷而后工，咱没见过；穷而后死，比比皆是。但分能干别的去，不要往这里走，此路不通！

为艺术而牺牲哟，不怕哟！好，这要不是你爸爸有钱，便是你不想活着。不想活着，找死还不容易，何必单找这条道儿？这么死，连死都不能痛痛快快的。到前线上去，哪一个枪弹不比钢笔头儿脆快呢？

我爱说实话，实话本不能悦耳；信不信由你吧，我算干够了。只有一条路可以使我继续下去这种生活，得航空奖券的头奖。不过，梦上加梦，也许有一天会疯了的。

原载于 1937 年 4 月 25 日《益世报》

在乡下

老舍

虽然刚住了几天,我已经感到乡间的确可喜。在这生活困难的时候,谁也恐怕不能不一开口就谈到钱;在乡间住,第一个好处是可以省下几文。头发长了,须跑出十里八里去理;脚稍微一懒,就许延迟一个星期;头发长了些,可是袋儿里也沉重了些。洗澡,更谈不到。到极热的时候,可以下河;天不够热的时候,皮肤外有一层可以搓卷着玩的泥,也显着暖和而有趣。这就又省了一笔支出。没有卖鲜果,糖食,和点心的;这不但可以省了钱,而且自然的矫正了吃零食的坏习惯。衣服须自己洗,皮鞋须自己擦。路须自己走——没有洋车。就是有,也不能在田埂上走。

除了省钱,还另有好多的精神胜利:平剧、川剧全听不到了，但是可以自己唱。在大黄角树下，随意喊吧，除了多管闲事的狗向你叫几声外，不会有人来叫"倒好"的。话剧更看不到，可是自己可以写两本呀，有的是工夫！

书是不易得到的，但是偶然找来一本，绝不会像在城里时那样掀一掀就了事。在乡下，心里用不着惦记与朋友们定约会，眼睛用不着时时的看表，于是，拿到一本书的时节，便可以愿意怎么读便怎么读；愿意把这几行读两遍，便读两遍；三遍就三遍；看那一行不大顺眼，便可以跟它辩论一番！这样，书仿佛就与人成了可以谈心的朋友，而不是书架子上的摆设了。

院中有犬吠声，鸡鸭叫声，孩子哭声；院外有蛙声，鸟声，叱牛声，农人相呼声。但这些声音并不教你心中慌乱。到了夜间，便什么声音也没有；即使蛙声还在唱，可是它们会把你唱入梦境里去。这几天，杜鹃特别的多，直到深夜还不住的啼唤；老想问问它们，三更半夜的唤些什么？这不是厌烦。而是有点相怜之意。

正在插秧的时候下了大雨，每个农人都面带喜色，水牛忙极了，却一点不慌，还是那么慢条斯理的，像有成竹在胸的样子。

晚上，油灯欠亮，蚊虫很多；所以早早的就躲到帐子里去。早睡，所以就也早起。睡得稳，睡得好，脸上就增加了一点肉——很不放心，说不定还会变成胖子呢！

原载于1942年5月25日《大公报》

书画自娱

汪曾祺

《中国作家》将在封二发作家的画,拿去我的一幅,还要写几句有关"作家画"的话,写了几句诗:

我有一好处,平生不整人。
写作颇勤快,人间送小温。
或时有佳兴,伸纸画芳春。
草花随目见,鱼鸟略似真。
唯求俗可耐,宁计故为新。
只可自怡悦,不堪持赠君。
君若亦欢喜,携归尽一樽。

诗很浅显，不须注释，但可申说两句。给人间送一点小小的温暖，这大概可以说是我的写作的态度。我的画画，更是遣兴而已。我很欣赏宋人诗："四时佳兴与人同。"人活着，就得有点兴致。我不会下棋，不爱打扑克、打麻将，偶尔喝了两杯酒，一时兴起，便裁出一张宣纸，随意画两笔。所画多是"芳春"——对生活的喜悦。我是画花鸟的。所画的花都是平常的花。北京人把这样的花叫"草花"。我是不种花的，只能画我在街头、陌上、公园里看得很熟的花。我没有画过素描，也没有临摹过多少徐青藤、陈白阳，只是"以意为之"。我很欣赏齐白石的话："太似则媚俗，不似则欺世。"我画鸟，我的女儿称之为"长嘴大眼鸟"。我画得不大像，不是有意求其"不似"，实因功夫不到，不能似耳。但我还是希望能"似"的。当代"文人画"多有烟云满纸，力求怪诞者，我不禁要想起齐白石的话，这是不是"欺世"？"说了归齐"（这是北京话），我的画画，自娱而已。"只可自怡悦，不堪持赠君"，是照搬了陶弘景的原句。我近曾到永嘉去了一次，游了陶公洞，觉得陶弘景是个很有意思的人。他是道教的重要人物，其思想的基础是老庄，接受了神仙道教影响，又吸取佛教思想；他又是个药物学家，且擅长书法；他留下的诗不多，最著名的是《诏问山中何所有》：

山中何所有？

　　岭上多白云。

　　只可自怡悦，

　　不堪持赠君。

　　一个人一辈子留下这四句诗，也就可以不朽了。我的画，也只是白云一片而已。

原载于1992年2月1日《新民晚报》

闲　居

丰子恺

闲居，在生活上人都说是不幸的，但在情趣上我觉得是最快活的了。假如国民政府新定一条法律："闲居必须整天禁锢在自己的房间里"，我也不愿出去干事，宁可闲居而被禁锢。

在房间里很可以自由取乐；如果把房间当作一幅画看的时候，其布置就如画的"置陈"了。譬如书房，主人的座位为全局的主眼，犹之一幅画中的 middle point（中心点），须居全幅中最重要的地位。其他自书架、几、椅、藤床、火炉、壁饰、自鸣钟，以至痰盂、纸篓等，各以主眼为中心而布置，使全局的焦点集中于主人的座位，犹之画中的附属物、背景，均须有护卫主物、显衬主物的作用。这样妥帖之后，人在里面，精神自然安定，集中，而快适。这是谁都懂得，谁都可以自由取乐的事。虽然有的人不讲究自己的房间的布置，然走进一间布置很妥帖的房间，一定谁也觉得快适。这可见人都会鉴赏，鉴赏就是被动的创作，故可说这是谁也懂得，谁也可以自由取乐的事。

我在贫乏而粗末的自己的书房里，常常欢喜作这个玩意儿。把几件粗陋的家具搬来搬去，一月中总要搬数回。搬到痰盂不能移动一寸，脸盆架子不能旋转一度的时候，便有很妥帖的位置出现了。那时候我自己坐在主眼的座上，环视上下四周，君临一切。觉得一切都朝宗于我，一切都为我尽其职司，如百官之朝天，众星之拱北辰。就是墙上一只很小的钉，望去也似乎居相当的位置，对全体为有机的一员，对我尽专任的职司。我统御这个天下，想象南面王的气概，得到几天的快适。

有一次我闲居在自己的房间里，曾经对自鸣钟寻了一回开心。自鸣钟这个东西，在都会里差不多可说是无处不有，无人不备的了。然而它这张脸皮，我看惯了真讨厌得很。罗马字的还算好看；我房间里的一只，又是粗大的数学码子的。数学的九个字，我见了最头痛，谁愿意每天做数学呢！有一天，大概是闲日月中的闲日，我就从墙壁上请它下来，拿油画颜料把它的脸皮涂成天蓝色，在上面画几根绿的杨柳枝，又用硬的黑纸剪成两只飞燕，用糨糊粘住在两只针的尖头上。这样一来，就变成了两只燕子飞逐在杨柳中间的一幅圆额的油画了。凡在三点二十几分，八点三十几分等时候，画的构图就非常妥帖，因为两只飞燕适在全幅中稍偏的位置，而且追随在一块，画面就保住均衡了。辨识时间，没有数目字也是很容易的：针向上垂直为十二时，向下垂直为六时，向左水平为九时，向右水平为三时。这就是把圆周分为四个 quarter（一刻钟），是肉眼也很容易办到的事。一个 quarter 里面平分为三格，就得长针五分钟的距离了，这不十分容易正确，然相差至多不过一两分钟，只要不是天文台、电报局或火车站里，人家家里上下一两分钟本来是不要紧的。倘眼睛锐利一点，看惯之后，其实半分钟也是可以分明辨出的。这自鸣钟现在还挂在我的房间里，虽然惯用之后不甚新颖了，然终不觉得讨厌，因为它在壁上不是显明的实用的一只自鸣钟，而可以冒充一幅油画。

除了空间以外，闲居的时候我又喜欢把一天的生活的情调来比方音乐。如果把一天的生活当作一个乐曲，其经过就像乐章（movement）的移行了。一天的早晨，晴雨如何？冷暖如何？人事的情形如何？犹如第一乐章的开始，先已奏出全曲的根柢的"主题"(theme)。一天的生活,例如事务的纷忙,意外的发生,祸福的临门,犹如曲中的长音阶(大音阶)变为短音阶(小音阶)的,C调变为F调,adagio(柔板)变为allegro(快板)。其或昼永人闲,平安无事,那就像始终C调的andante(行板)的长大的乐章了。以气候而论,春日是孟檀尔伸(Mendelssohn)①,夏日是贝多芬(Beethoven),秋日是晓邦(Chopin)②、修芒(Schumann)③,冬日是修斐尔德(Schubert)④。这也是谁也可以感到,谁也可以懂得的事。试看无论什么机关里,团体里,做无论什么事务的人,在阴雨的天气,办事一定不及在晴天的起劲,高兴,积极。如果有不论天气,天天照常办事的人,这一定不是人,是一架机器。只要看挑到我们后门头来卖臭豆腐干的江北人,近来秋雨连日,他

---

① 孟檀尔伸(Mendelssohn):今译作"门德尔松",德国犹太裔作曲家,被誉为浪漫主义杰出的"抒情风景画大师"。——编者注
② 晓邦(Chopin):今译作"肖邦",波兰19世纪作曲家、钢琴家,被誉为"浪漫主义钢琴诗人"。——编者注
③ 修芒(Schumann):今译作"舒曼",德国19世纪作曲家、音乐评论家,是浪漫主义音乐成熟时期的代表人物之一。——编者注
④ 修斐尔德(Schubert):今译作"舒伯特",奥地利作曲家,既是维也纳古典音乐传统的继承者,又是西欧浪漫主义音乐的奠基人,被称为"歌曲之王"。——编者注

的叫声自然懒洋洋地低钝起来,远不如一月以前的炎阳下的"臭豆腐干!"的热辣了。

原载于1927年7月10日《小说月报》第18卷第7号

山中的历日

郑振铎

"山中无历日",这是一句古话,然而我在山中却历日记得很清楚。我向来不记日记,但在山上却有一本日记,每日都有二三行的东西写在上面。自七月二十三日,第一日在山上醒来时起,直到了最后的一日早晨,即八月二十一日,下山时止,无一日不记。恰恰的在山上三十日,不多也不少,预定的要做的工作,在这三十日之内,也差不多都已做完。

当我离开上海时,一个朋友问我:"什么时候可以回来?"

"一个月。"我答道。真的,不多也不少,恰是一个月。有一天,一个朋友写信来问我道:"你一天的生活如何呢?我们只见你一天一卷的原稿寄到上海来,没有一个人不惊诧而且佩服的。上海是那样的热呀,我们一行字也不能写呢。"

我正要把我的山上生活告诉他们呢。

在我的二十几年的生活中，没有像如今的守着有规则的生活，也没有像如今的那么努力地工作着的。

第一晚，当我到了山时，已经不早了，滴翠轩一点灯火也没有。我向心南先生道："怎么黑漆漆的不点灯？"

"在山上，我们已成了习惯，天色一亮就起来，天色一黑就去睡，我起初也不惯，现在却惯了。到了那时，自然而然的会起来，自然而然的会去睡。今夜，因为同家母谈话，睡得迟些，不然，这时早已入梦了。家中人，除了我们二人外，他们都早已熟睡了。"心南先生说。

我有些惊诧，却不大相信。更不相信在上海起迟眠迟的我，会服从了这个山中的习惯。

然而到了第二天绝早，心南先生却照常的起身。我这一夜是和他暂时一房同睡的，也不由得不来，不由得不跟了他一同起身。"还早呢，还只有六点钟。"我看了表说。

"已经是太晚了。"他说。果然，廊前太阳光已经照得满墙满地了。

这是第一次，我倚了绿色的栏杆——后来改漆为红色的，却更有些诗意了——去看山景。没有奇石，也没有悬岩，全山都是碧绿色的竹林和红瓦黑瓦的洋房子。山形是太平衍了。然而向东望去,却可看见山下的原野。一座一座的小山,都在我们的足下,一畦一畦的绿田,也都在我们的足下。几缕的炊烟,由田间升起,在空中袅袅的飘着,我们知道那里是有几家农户了,虽然看不见他们。空中是停着几片的浮云。太阳照在上面,那云影倒映在山峰间,明显的可以看见。

"也还不坏呢,这山的景色。"我说。

"在起了云时,漫山的都是云,有的在楼前,有的在足下,有时浑不见对面的东西,有时,诸山只露出峰尖,如在海中的孤岛,这简直可称为云海,那才有趣呢。我到了山时,只见了两次这样的奇景。"心南先生说。

这一天真是忙碌,下山到了铁路饭店,去接梦旦先生他们上山来。下午,又东跑跑,西跑跑。太阳把山径晒得滚热的,它又张了大眼向下望着,头上是好像一把火的伞。只好在邻近竹径中走走就回来了。

在山上,雨是不预约就要落下来的,看它天气还好好的,一瞬眼间,却已乌云蔽了楼檐,沙沙的一阵大雨来了。不久,眼望着这块大乌云向东驶去,东边的山与田野却现出阴郁的样子,这里却又是太阳光满满的照着了。

"伞在山上倒是必要的;晴天可以挡太阳,下雨的时候可以挡雨。"我说。

这一阵雨过去后，天气是凉爽得多了，我便又独自由竹林间的一条小山径，寻路到瀑布去。山径还不湿滑，因为一则沿路都是枯落的竹叶躺着，二则泥土太干，雨又下得不久。山径不算不峻峭，却异常的好走。足踏在干竹叶上，柔柔的如履铺了棉花的地板，手攀着密集的竹竿，一竿一竿的递扶着，如扶着栏杆，任怎么峻峭的路，都不会有倾跌的危险。

莫干山有两个瀑布，一个是在这边山下，一个是碧坞。碧坞太远了，听说路也很险。走过去，要经过一条只有一尺多宽的栈道，一面是绝壁，一面是十余丈深的山溪，轿子是不能走过的，只好把轿子中途弃了，两个轿夫牵着游客的双手，一前一后的把他送过去。去年，有几个朋友到那里去游，却只有几个最勇敢的这样的走了过去，还有几个却终于与轿子一同停留在栈道的这边，不敢过去了。这边的山下瀑布，路途却较为好走，又没有碧坞那么远，所以我便渴于要先去看看——虽然他们都要休息一下，不大高兴走。

瀑布的气势是那么样的伟大，瀑布的景色是那么样的壮美；那么多的清泉，由高山石上，倾倒而下，水声如雷似的，水珠溅得远远的，只要闭眼一想象，便知它是如何的可迷人呀！我少时曾和数十个同学一同旅行到南雁荡山。那边的瀑布真不少，也真不小。老远的老远的，便看见一道道的白练布由山顶挂了下来。却总是没有走到。经过了柔湿的田道，经过了繁盛的村庄，爬上了几层的山，方才到了小龙湫。那时是初春，还穿着棉衣。长途的跋涉，使我们都气喘汗流。但到了瀑布之下，立在一块远隔丈余的石上时，细细的水珠却溅得你满脸满身都是，阴凉的，阴凉的，立刻使你一点的热感都没有了；虽穿了棉衣，还觉得冷呢。面前是万斛的清泉，不休的只向下倾注，那景色是无比的美好，那清而弘大的水声，也是无比的美好。这使我到如今还记念着，这使我格外的喜爱瀑布与有瀑布的山。十余年来，总在北京与上海两处徘徊着，不仅没有见什么大瀑布，便连山的影子也不大看得见。这一次之到莫干山，小半的原因，因为那山那有瀑布。

　　山径不大好走，时而石级，时而泥径，有时，且要在荒草中去寻路。亏得一路上溪声潺潺的。沿了这溪走，我想总不会走得错的。后来，终于是走到了。但那水声并不大，立近了，那水珠也不会飞溅到脸上身上来。高虽有二丈多高，阔却只有两个人身的阔。那么样萎靡的瀑布，真使我有些失望。然而这总算是瀑布，万山静悄悄的，连鸟声也没有，只有几张照相的色纸，落在地上，表示曾有人来过。在这瀑布下流连了一会，脱了衣服，洗了一个身，濯了一会足，便仍旧穿便衣，与它告别了。却并不怎么样的惜别。

刚从林径中上来,便看见他们正在门口,打算到外面走走。

"你去不去?"擘黄问我。

"到那里去?"我问道。

"随便走走?"

我还有余力,便跟了他们同去。经过了游泳池,个个人喧笑的在那里泅水,大都是碧眼黄发的人,他们是最会享用这种公共场所的。池旁,列了许多座位,预备给看的人坐,看的人真也不少。沿着这条山径,到了新会堂,图书馆和幼稚园都在那里。一大群的人正从那里散出,也大都是碧眼黄发的人。沿着山边的一条路走去,便是球场了。球场的规模并不小,难得在山边会辟出这么大的一个地方。场边有许多石级凸出,预备给人坐,那边贴了不少布告,有一张说:"如果山岩崩坏了,发生了什么意外之事,避暑会是不负责的。"我们看那山边,围了不少层的围墙。很坚固,很坚固,那里会有什么崩坏的事。然而他们却要预防着。在快活的打着球的,也都是碧眼黄发的人。

梦旦先生他们坐在亭上看打球,我们却上了山脊。在这山脊上缓缓的走着,太阳已将西沉,把那无力的金光亲切的抚摩我们的脸。并不大的凉风,吹拂在我们的身上,有种说不出的舒适之感。我们在那里,望见了塔山。

心南先生说:"那是塔山,有一个亭子的,算是莫干山最高的山了。"望过去很远,很远。

晚上,风很大。半夜醒来,只听见廊外呼呼的啸号着,仿佛整座楼房连基底都要为它所摇撼。

山中的风常是这样的。

这是在山中的第一天。第二天也没有做事。到了第三天,却清早的起来,六点钟时,便动手作工。八时吃早餐,看报,看来信,邮差正在那时来。九时再做,直到了十二时。下午,又开始写东西,直到了四时。那时,却要出门到山上走走了。却只在近处,并不到远处去。天未黑便吃了饭。随意闲谈着。到了八时,却各自进了房。有时还看着书,有时却即去睡了。一个月来,几乎天天是如此。

下午四时后,如不出去游山,便是最好的看书时间了。

山中的历日便是如此,我从来没有过着这样的有规则的生活过!

选自《山中杂记》,开明书店1927年1月

长　闲

夏丏尊

他午睡醒来，见才拿在手中的一本《陶集》，皱折了倒在枕畔。午饭时还阴沉的天，忽快晴了，窗外柳丝摇曳，也和方才转过了方向。新鲜的阳光把隔湖诸山的皱折照得非常清澈，望去好像移近了一些。新绿杂在旧绿中，带着些黄味，他无识地微吟着"此中有真意，欲辨已忘言"，揉着倦饧饧的眼，走到吃饭间。见桌上并列地丢着两个书包，知道两女儿已从小学散学回来了。屋内寂静无声，妻的针线笸里，松松地闲放着快做成的小孩单衣，针子带了线斜定在纽结上。壁上时钟正指着四点三十分。

他似乎一时想走入书斋去，终于不自禁地踱出廊下。见老女仆正在檐前揩抹预备腌菜的瓶坛，似才从河埠洗涤了来的。

"先生起来了,要脸水吗?"

"不要。"他躺下摆在檐头的藤椅去,燃起了卷烟。

"今天就这样过去吧,且等到晚上再说了。"他在心里这样自语。躺了吸着烟,看看墙外的山,门前的水,又看看墙内外的花木,悠然了一会。忽然立起身来,从檐柱上取下挂在那里的小锯子,携了一条板凳,急急地跑出墙门外去。

"又要去锯树了。先生回来了以后,日日只是弄这些树木的。"他从背后听到女仆在带笑这样说。

方出大门,见妻和二女孩都在屋前园圃里,妻在摘桑,二女孩在旁"这片大,这片大!"地指着。

"阿吉,阿满,你们看,爸爸又要锯树了。"妻笑了说。

"这丫杈太大了,再锯去它。小孩别过来!"他踏上凳去,把锯子搁到方才看了不中意的柳枝去。

小孩手臂样粗的树枝"拍"地一落下,不但本树的姿态为之一变,就是前后左右各树的气象及周围的气氛,在他看来,也都如一新。携了板凳回入庭心,把头这里那里地侧着看了玩味一会,觉得今天最得意的事,就是这件了,于是仍去躺在檐头的藤椅上。

妻携了篮进来。

"爸爸,豌豆好吃了。"阿满跟在后面叫着说,手里捻着许多小柳枝。

"哪,这样大了。"妻揭起篮面的桑叶,篮底平平地叠着扁阔深绿的豆荚。

"啊,这样快!快去煮起来,停会好下酒。"他点着头。

黄昏近了,他独自缓饮着酒,桌上摆着一大篮的豌豆,阿吉、阿满也伏在桌上抢着吃。妻从房中取出蚕笾来,把剪好的桑片铺撒在灰色蠕动的蚕上,二女孩几乎要把头放入笾里去,妻擎起笾来逼近窗口去看,一手抑住她们的攀扯。

"就可三眠了。"妻说着,把蚕笾仍拿入房中去。

他一壁吃着豌豆,一壁望着蚕笾,在微醺中又猛触到景物变迁的迅速,和自己生活的颓唐来。

"唉!"不觉泄出叹声。

"什么了?"妻愕然地从房中出来问。

"没有什么。"

室中已渐昏黑,妻点起了灯,女仆搬出饭来。油炸笋,拌莴苣,炒鸡蛋,都是他近来所自名为山家清供而妻所经意烹调的。他眼看着窗外的暝色,一杯一杯地只管继续饮,等妻女都饭毕了,才放下酒杯,胡乱地吃了小半碗饭,含了牙签,踱出门外去,在湖边小立,等暗到什么都不见了,才回入门来。

吃饭间中灯光亮亮的,妻在继续缝衣服,女仆坐在对面用破布叠鞋底,一壁和妻谈着什么。阿吉在桌上布片的空隙处摊了《小朋友》看着,阿满把她半个小身子伏在桌上,指着书中的猫或狗强要母亲看。一灯之下,情趣融然。

他坐下壁隅的藤椅子去,燃起卷烟,只沉默了对着这融然的光景。昨日在屋后山上采来的红杜鹃,已在壁间花插上怒放,屋外时送入低而疏的蛙声。一切都使他感觉到春的烂熟,他觉得自己的全身心,已沉浸在这气氛中,陶醉得无法自拔了。

"为什么总是这样懒懒的!"他不觉这样自语。

"今夜还做文章吗?春天夜是熬不得的。为什么日里不做些!日里不是睡觉,就是荡来荡去,换字画,换花盆,弄得忙煞。夜里每夜弄到一二点钟。"妻举起头来停了针线说。

"夜里静些哕。"

"要做也不在乎静不静,白马湖真是最静也没有了。从前在杭州时,地方比这里不知要嘈杂得多少,不是也要做吗?无论什么生活,要坐牢了才做得出。我这几天为了几条蚕的缘故,采叶呀,什么呀,人坐不牢,别的生活就做不出,阿满这件衣服,本来早就该做好了的,你看!到今天还未完工呢。"

妻的话,这时在他,真比什么"心能转境"等类的宗门警语还要痛切。觉得无可反对,只好逃避了说:

"日里不做夜里做,不是一样的吗?"

"昨夜做了多少呢?我半夜醒来还听见你在天井里踱来踱去,口里念念着什么'明日自有明日'哩。"

"不是吗?我也听见的。"女仆羼入。

"昨夜月色实在太好了,在书房里坐不牢。等到后半夜上云了,人也倦了,一点都不曾做啊。"他不禁苦笑了。

"你看!那岂不是与灯油有仇?前个月才买来一箱火油,又快完了。去年你在教书的时候,一箱可点三个多月呢。——赵妈,不是吗?"妻说时向着女仆,似乎要叫她作证明。

"火油用完了,横竖先生会买回来的。怕什么?嗄,满姑娘!"女仆拍着阿满笑说。

"洋油也是爸爸买来的,米也是爸爸买来的。阿吉的《小朋友》也是爸爸买来的,屋里的东西,都是爸爸买来的。"阿满把快要睡去的眼张开了说。

女仆的笑谈,阿满的天真烂漫的稚气,引起了他生活上的忧虑。妻不知为了什么,也默然了,只是俯了头动着针子,一时沉默支配着一室。

三个月来的经过,很迅速地在他心上舒展开了:三个月前,他弃了多年厌倦的教师生涯,决心凭了仅仅够支持半年的贮蓄,回到白马湖家里来,把一向当作副业的笔墨工作,改为正业,从文字上去开拓自己的新天地。"每月创作若干字,翻译若干字,余下来的工夫便去玩山看水。"当时的计划,不但自己得意,朋友都艳羡,妻也赞成。三个月来,书斋是打叠得很停当了,房子是装饰得很妥帖了,有可爱的盆栽,有安适的几案,日日想执笔,刻刻想执笔,终于无所成就。虽着手过若干短篇,自己也不满足,都是半途辍笔,或愤愤地撕碎了投入纸篓里。所有的时间,都消磨在风景的留恋上。在他,朝日果然好看,夕阳也好看,新月是妩媚,满月是清澈,风来不禁倾耳到屋后的松籁,雨霁不禁放眼到墙外的山光,一切的一切,都把他牢牢地捉住了。

想享乐自然,结果做了自然的奴隶,想做湖上诗人,结果做了湖上懒人,这也是他所当初万不料及,而近来深深地感到的苦闷。

"难道就这样过去吗?"他近来常常这样自讼,无论在小饮时,散步时,看山时。

壁间时钟打九时。

"咿呀!已九点钟了。时候过得真快!"妻拍醒伏了睡熟在膝前的阿满,把工作收拾了,吩咐女仆和阿吉去睡。

他懒懒地从藤椅子上立起身来,走向书斋去。

"不做么,早睡啰!"妻从背后叮嘱。

"呃。"他回答，"今夜是一定要做些的了，难道就这样过去吗？从今夜起！"又暗自坚决了心。

立时，他觉得全身就紧凑了起来，把自己从方才懒洋洋的气氛中拉出了，感到一种胜利的愉快。进了书斋门，急急地摸着火柴把洋灯点起，从抽屉里取出一篇近来每日想做而终于未完工的短篇稿来，吸着烟，执着自来水笔，沉思了一会才添写了几行，就觉得笔滞，不禁放下笔来举目凝视到对面壁间的一幅画上去。那是朽道人十年前为他作的山水小景，画着一间小屋，屋前有梧桐几株，一个古装人儿在树下背负了手看月。题句是："明日事自有明日，且莫负此梧桐月色也。"他平日很爱这画，一星期前，他因看月引起了情趣，才将这画寻出，把别的画换了，挂在这里的。他见了这画，自己就觉得离尘脱俗，作了画中人了。昨夜妻睡梦中听到他念的，就是这画上的题句。

他吸着烟，向画幅悠然了一会，几乎又要踱出书斋去。因了方才的决心，总算勉强把这诱惑抑住。同时，猛忆到某友人"清风明月不用一钱买，但是也不能抵一钱用"的话，不觉对于这素所心爱的画幅感到一种不快。

他立起身把这画幅除去。一时壁间空洞洞的，一室之内，顿失了布置上的均衡。

"东西是非挂些不可的，最好是挂些可以刺激我的东西。"

他这样自语了,就自己所藏的书画中,想来想去,忽然想到他的畏友弘一和尚的"勇猛精进"四字的小额来。

"好,这个好!挂在这里,大小也相配。"

他携了灯从画箱里费了许多工夫把这小额寻出,恐怕家里人惊醒,轻轻地钉在壁上。

"勇猛精进!"他坐下椅子去默念着看了一会,复取了一张空白稿子,大书"勤靡余暇,心有常闲"八字,把图画钉钉在横幅之下。这是他在午睡前在《陶集》中看到的句子。

"是的,要勤靡余暇,才能心有常闲。我现在是安逸而心忙乱啊!"他大彻大悟似的默想。

一切安顿完毕,提起笔来正想重把稿子续下,未曾写到一张,就听到外面时钟"丁"地敲一点。他不觉放下了笔,提起了两臂,张大了口,对着"勇猛精进"的小额和"勤靡余暇,心有常闲"八字打起呵欠来。

携了灯回到卧室去,才出书斋,见半庭都是淡黄的月色,花木的影映在墙上,轮廓分明地微微摇动着,他信步跨出庭间,方才画上的题句,不觉又上了他的口头:

"明日事自有明日,且莫负此梧桐月色也!"

原载于1926年9月《一般》第1卷第1号

睡眠至上

许君远

每天早上四点半上床休息,中午一时起床。只能看见东方的鱼白色,却永远接触不到上午的阳光(春天的晨曦是多么美丽哟!)。发完稿子回家时太太揉揉惺忪的睡眼,望着我把大衣挂在衣钩上,望着我漱口,洗脸。有时也懒洋洋地问一声:"几点钟了?""外面下雨吗?"有时则伸个懒腰,扯扯被子蒙上头,一扭脸睡去了。

早晨孩子们上学,往往唧喳一片,把我由梦中惊醒,含笑着和她们点点头,不过顶多过五分钟我便睡熟了。等她们放学回家,声音就放大了,这个要改良伙食,那个要买笔套,另一个要换新衣服。若是偶然一个孩子的衣服浸上墨点,或是另一个的国语不及格,妈妈照例一顿喝骂。这时再想入梦,真需要一番硬功夫。刚睡着，太太的声音又来了："一点钟了，该起了！等你吃饭呢！"对于这一次的 Warning 照例置之不理，甚至连眼睛都不一睁。但是第二次的叫喊又来了："你不饿，旁人可受不了！"接着第三次，第四次。总之每天非四次不能完成促我起床的法定手续，而临起还得吩咐一两种故意找别扭的工作，如"你不给我拿背心换？"或者"拖鞋又让谁拖跑了？"之类，以延迟下床的时间。

有时客人中午来，趋向略早，正午还要"补充"，所谓"补充"，事实上就是睡它一个下午。我一生没旁的本领，就是随时能睡觉。不过这本领却不为太太所欣赏。她说："成天仅看见你睡觉，下午我想同你去法国公园，看你困成那个样子，也只好让你睡了。"偶尔她着急了，不免忿忿地说："这辈子嫁错了人，下辈子不想作新闻记者的太太了！"

虽然如此，我的太太也有她的便宜。譬如一个大家庭的媳妇儿或者一个公务员的夫人，就必须迟睡早起，否则不挨婆婆的骂也要挨丈夫的骂。而我呢，对太太的睡起时间，从来没有检查与考绩，就是说：她打牌打到三点我也不管，睡到中午十二点我也不加干涉。只要她把我的饭食安排好，就算完了她的责任。其余时间由她支配好了，睡也好，出门也好。

在睡眠充分的下午,我不是写"应酬"文章,便是读书看报。但这并不是一件容易的事,最小的两个孩子经常打扰,不是要我同他们"扮家家",便是捉迷藏。不同他们玩,一个生气哭了,两个生气哭了,哭得不休,哄也哄不好。于是太太便骂我不懂孩子心理,不肯牺牲一点儿时间,只知道写文章,不然就是睡觉。她的话也有一半"真理",为了保持这一半真理,我就不能一意孤行,就不能不同孩子们玩上一两个钟头。这样一个下午便糊里糊涂过去了。

有时,虽然不多,为了"逃避"纷扰,便到电影院坐上两个钟头。日落黄昏,再回到家来,同二十小时不见面的孩子们穷聊一阵,反而觉得意味盎然。孩子们常在面前,嫌她们麻烦,但是二十个钟头不见了,又觉得想念。如果中午有饭局,下午有会,晚间再有饭局,那么就是四十八小时看不见她们。晨间回去,她们横躺竖卧地睡着,恨不得一一把他们摇醒,絮聒一番,表示抱歉。

人生就这样多的矛盾,这样多的缺陷,一个新闻记者尤然。我在这种矛盾缺陷中摸索前进,已经快二十年,我永远想把矛盾消灭,缺陷弥平,但是永远没能成功。好在我善睡,一入梦乡，任何愁烦都会解脱。

　　于是我也该满足了，何必不多睡以养生，偏偏过分勤奋以自寻苦恼呢？

原载于1947年6月5日《大公报》

第三章

糊涂一点，潇洒一点

自得其乐

汪曾祺

孙犁同志说写作是他的最好的休息。是这样。一个人在写作的时候是最充实的时候，也是最快乐的时候。凝眸既久（我在构思一篇作品时，我的孩子都说我在翻白眼），欣然命笔，人在一种甜美的兴奋和平时没有的敏锐之中，这样的时候，真是虽南面王不与易也。写成之后，觉得不错，提刀却立，四顾踌躇，对自己说："你小子还真有两下子！"此乐非局外人所能想象。但是一个人不能从早写到晚，那样就成了一架写作机器，总得岔乎岔乎，找点事情消遣消遣，通常说，得有点业余爱好。

我年轻时爱唱戏。起初唱青衣，梅派；后来改唱余派老生。大学三、四年级唱了一阵昆曲，吹了一阵笛子。后来到剧团工作，就不再唱戏吹笛子了，因为剧团有许多专业名角，在他们面前吹唱，真成了班门弄斧，还是以藏拙为好。笛子本来还可以吹吹，我的笛风甚好，是"满口笛"，但是后来没法再吹，因为我的牙齿陆续掉光了，撒风漏气。

这些年来我的业余爱好，只有：写写字、画画画、做做菜。

我的字照说是有些基本功的。当然从描红模子开始。我记得我描的红模子是："暮春三月，江南草长，杂花生树，群莺乱飞。"这十六个字其实是很难写的，也许是写红模子的先生故意用这些结体复杂的字来折磨小孩子，而且红模子底子是欧字，这就更难落笔了。不过这也有好处，可以让孩子略窥笔意，知道字是不可以乱写的。大概在我十一二岁的时候，那年暑假，我的祖父忽然高了兴，要亲自教我《论语》，并日课大字一张，小字二十行。大字写《圭峰碑》，小字写《闲邪公家传》，这两本帖都是祖父从他的藏帖中选出来的。祖父认为我的字有点才分，奖了我一块猪肝紫端砚，是圆的，并且拿了几本初拓的字帖给我，让我常看看。我记得有小字《麻姑仙坛》、虞世南的《夫子庙堂碑》、褚遂良的《圣教序》。小学毕业的暑假，我在三姑父家从一个姓韦的先生读桐城派古文，并跟他学写字。韦先生是写魏碑的，但他让我临的却是《多宝塔》。初一暑假，我父亲拿了一本影印的《张猛龙碑》，说："你最好写写魏碑，这样字才有骨力。"我于是写了相当长时期《张猛龙》。

用的是我父亲选购来的特殊的纸。这种纸是用稻草做的，纸质较粗，也厚，写魏碑很合适，用笔须沉着，不能浮滑。这种纸一张有二尺高，尺半宽，我每天写满一张。写《张猛龙》使我终身受益，到现在我的字的间架用笔还能看出痕迹。这以后，我没有认真临过帖，平常只是读帖而已。我于二王书未窥门径。写过一个很短时期的《乐毅论》，放下了，因为我很懒。《行穰》《丧乱》等帖我很欣赏，但我知道我写不来那样的字。我觉得王大令的字的确比王右军写得好[①]。读颜真卿的《祭侄文》，觉得这才是真正的颜字，并且对颜书从二王来之说很信服。大学时，喜读宋四家。有人说中国书法一坏于颜真卿，二坏于宋四家，这话有道理。但我觉得宋人字是书法的一次解放，宋人字的特点是少拘束，有个性，我比较喜欢蔡京和米芾的字（苏东坡字太俗，黄山谷字做作）。有人说米字不可多看，多看则终身摆脱不开，想要入晋唐，就不可能了。一点不错。但是有什么办法呢！打一个不太好听的比方，一写米字，犹如寡妇失了身，无法挽回了。我现在写的字有点《张猛龙》的底子、

[①] 王大令：王献之（344—386），字子敬，"书圣"王羲之第七子，东晋书法家、诗人、画家，累迁中书令，故人称"王大令"。王右军：王羲之（321—379 或 303—361），字逸少，东晋文学家、书法家，因曾任右将军，故人称"王右军"。——编者注

米字的意思,还加上一点乱七八糟的影响,形成我自己的那么一种体,格韵不高。

我也爱看汉碑。临过一遍《张迁碑》,《石门铭》《西狭颂》看看而已。我不喜欢《曹全碑》。盖汉碑好处全在筋骨开张,意态从容,《曹全碑》则过于整饬了。

我平日写字,多是小条幅,四尺宣纸一裁为四。这样把书桌上书籍信函往边上推推,摊开纸就能写了。正儿八经地拉开案子,铺了画毡,着意写字,好像练了一趟气功,是很累人的。我都是写行书。写真书,太吃力了。偶尔也写对联。曾在大理写了一副对子:

苍山负雪
洱海流云

字大径尺。字少,只能体兼隶篆。那天喝了一点酒,字写得飞扬霸悍,亦是快事。对联字稍多,则可写行书。为武夷山一招待所写过一副对子:

四围山色临窗秀
一夜溪声入梦清

字颇清秀,似明朝人书。

我画画,没有真正的师承。我父亲是个画家,画写意花卉,我小时爱看他画画,看他怎样布局(用指甲或笔杆的一头划几道印子),画花头,定枝梗,布叶,勾筋,收拾,题款,盖印。这样,我对用墨、用水、用色,略有领会。我从小学到初中,都"以画名"。初二的时候,画了一幅墨荷,裱出后挂在成绩展览室里。这大概是我的画第一次上裱。我读的高中重数理化,功课很紧,就不再画画。大学四年,也极少画画。工作之后,更是久废画笔了。当了"右派",下放到一个农业科学研究所,结束劳动后,倒画了不少画,主要的"作品"是两套植物图谱,一套《中国马铃薯图谱》,一套《口蘑图谱》,一是淡水彩,一是钢笔画。摘了帽子回京,到剧团写剧本,没有人知道我能画两笔。重拈画笔,是运动促成的。运动中没完没了地写交待,实在是烦人,于是买了一刀元书纸,于写交待之空隙,瞎抹一气,少抒郁闷。这样就一发而不可收,重新拾起旧营生。有的朋友看见,要了去,挂在屋里,被人发现了,于是求画的人渐多。我的画其实没有什么看头,只是因为是作家的画,比较别致而已。

我也是画花卉的。我很喜欢徐青藤、陈白阳,喜欢李复堂,但受他们的影响不大。我的画不中不西,不今不古,真正是"写意",带有很大的随意性。曾画了一幅紫藤,满纸淋漓,水气很足,几乎不辨花形。这幅画现在挂在我的家里。我的一个同乡来,问:"这画画的是什么?"我说是:"骤雨初晴。"他端详了一会,说:"哎,经你一说,是有点那个意思!"他还能看出彩墨之间的一些小块空白,是阳光。我常把后期印象派方法融入国画。我觉得中国画本来都是印象派,只是我这样做,更是有意识的而已。

画中国画还有一种乐趣,是可以在画上题诗,可寄一时意兴,抒感慨,也可以发一点牢骚,曾用干笔焦墨在浙江皮纸上画冬日菊花,题诗代简,寄给一个老朋友,诗是:

> 新沏清茶饭后烟,
> 自搔短发负晴暄。
> 枝头残菊开还好,
> 留得秋光过小年。

为宗璞画牡丹,只占纸的一角,题曰:

> 人间存一角,
> 聊放侧枝花。

欣然亦自得，

不共赤城霞。

宗璞把这首诗念给冯友兰先生听了，冯先生说："诗中有人。"

今年洛阳春寒，牡丹至期不开。张抗抗在洛阳等了几天，败兴而归，写了一篇散文《牡丹的拒绝》。我给她画了一幅画，红叶绿花，并题一诗：

看朱成碧且由他，

大道从来直似斜。

见说洛阳春索寞，

牡丹拒绝著繁花。

我的画，遣兴而已，只能自己玩玩，送人是不够格的。最近请人刻一闲章："只可自怡悦"，用以押角，是实在话。

体力充沛，材料凑手，做几个菜，是很有意思的。做菜，必须自己去买菜。提一菜筐，逛逛菜市，比空着手遛弯儿要"好白相"。到一个新地方，我不爱逛百货商场，却爱逛菜市，菜市更有生活气息一些。买菜的过程，也是构思的过程。想炒一盘雪里蕻冬笋,菜市场冬笋卖完了,却有新到的荷兰豌豆,只好临时"改戏"。做菜,也是一种轻量的运动。洗菜,切菜,炒菜,都得站着(没有人坐着炒菜的),这样对成天伏案的人,可以改换一下身体的姿势,是有好处的。

做菜待客,须看对象。聂华苓和保罗·安格尔夫妇到北京来,中国作协不知是哪一位,忽发奇想,在宴请几次后,让我在家里做几个菜招待他们,说是这样别致一点。我给做了几道菜,其中有一道煮干丝。这是淮扬菜。华苓是湖北人,年轻时是吃过的。但在美国不易吃到。她吃得非常惬意,连最后剩的一点汤都端起碗来喝掉了。不是这道菜如何稀罕,我只是有意逗引她的故国乡情耳。台湾女作家陈怡真(我在美国认识她),到北京来,指名要我给她做一回饭。我给她做了几个菜。一个是干贝烧小萝卜。我知道台湾没有"杨花萝卜"(只有白萝卜)。那几天正是北京小萝卜长得最足最嫩的时候。这个菜连我自己吃了都很惊诧:味道鲜甜如此!我还给她炒了一盘云南的干巴菌。台湾咋会有干巴菌呢?她吃了,还剩下一点,用一个塑料袋包起,说带到宾馆去吃。如果我给云南人炒一盘干巴菌,给扬州人煮一碗干丝,那就成了鲁迅请曹靖华吃柿霜糖了。

做菜要实践。要多吃,多问,多看(看菜谱),多做。一个菜得试烧几回,才能掌握咸淡火候。冰糖肘子、乳腐肉,何时烀软入味，只有神而明之，但是更重要的是要富于想象。想得到，才能做得出。我曾用家乡拌荠菜法凉拌菠菜。半大菠菜（太老太嫩都不行），入开水锅焯至断生，捞出，去根切碎，入少盐，挤去汁，与香干（北京无香干，以熏干代）细丁、虾米、蒜末、姜末一起，在盘中抟成宝塔状，上桌后淋以麻酱油醋，推倒拌匀。有余姚作家尝后，说是"很像马兰头"。这道菜成了我家待不速之客的应急的保留节目。有一道菜，敢称是我的发明：塞肉回锅油条。油条切段，寸半许长，肉馅剁至成泥，入细葱花、少量榨菜或酱瓜末拌匀，塞入油条段中，入半开油锅重炸。嚼之酥碎，真可声动十里人。

我很欣赏杨恽《报孙会宗书》："田彼南山，芜秽不治。种一顷豆，落而为萁。人生行乐耳，须富贵何时。""人生行乐耳，须富贵何时"，说得何等潇洒。不知道为什么，汉宣帝竟因此把他腰斩了，我一直想不透。这样的话，也不许说么？

原载于1992年《艺术世界》第1期

谈幽默

老舍

"幽默"这个字在字典上有十来个不同的定义。还是把字典放下,让咱们随便谈吧。据我看,它首要的是一种心态。我们知道,有许多人是神经过敏的,每每以过度的感情看事,而不肯容人。这样人假若是文艺作家,他的作品中必含着强烈的刺激性,或牢骚,或伤感;他老看别人不顺眼,而愿使大家都随着他自己走,或是对自己的遭遇不满,而伤感的自怜。反之,幽默的人便不这样,他既不呼号叫骂,看别人都不是东西,也不顾影自怜,看自己如一活宝贝。他是由事事中看出可笑之点,而技巧的写出来。他自己看出人间的缺欠,也愿使别人看到。不但仅是看到,他还承认人类的缺欠;于是人人有可笑之处,他自己也非例外,再往大处一想,人寿百年,而企图无限,根本矛盾可笑。于是笑里带着同情，而幽默乃通于深奥。所以Thackeray（萨克莱）[①]说："幽默的写家是要唤醒与指导你的爱心，怜悯，善意——你的恨恶不实在，假装，作伪——你的同情与弱者，穷者，被压迫者，不快乐者。"

Walpole（沃波尔）[②]说："幽默者'看'事，悲剧家'觉'之。"这句话更能补证上面的一段。我们细心"看"事物，总可以发现些缺欠可笑之处；及至钉着坑儿去唖摸，便要悲观了。

我们应再进一步的问，除了上面这点说明，能不能再清楚一些的认识幽默呢？好吧，我们先拿出几个与它相近，而且往往与它相关的几个字，与它比一比，或者可以稍微使我们清楚一点。反语（irony），讽刺（satire），机智（wit），滑稽剧（farce），奇趣（whimsicality），这几个字都和幽默有相当的关系。我们先说那个最难讲的——奇趣。这个字在应用上是很松泛的，无论什么样子的打趣与奇想都可以用这个字来表示，

[①] Thackeray（萨克莱）：今译作"萨克雷"，英国幽默讽刺作家，著有《名利场》《潘登尼斯》等。——编者注

[②] Walpole（沃波尔）：今译作"沃尔波尔"，英国作家，著有《奥特兰托城堡》，首创集神秘、恐怖和超自然元素于一体的哥特式小说风尚。——编者注

《西游记》的奇事，《镜花缘》中的冒险，《庄子》的寓言，都可以叫作奇趣。可是，在分析文艺品类的时候，往往以奇趣与幽默放在一处，如《现代小说的研究》的著者 Marble（马布尔）便把 whimsicality and humour（奇趣和幽默）作为一类。这大概是因为奇趣的范围很广，为方便起见，就把幽默也加了进去。一般地说，幻想的作品——即使是别有目的——不能不利用幽默，以便使文字生动有趣；所以这二者——奇趣与幽默——就往往成了一家人。这个，简直不但不能帮忙我们看明何为幽默，反倒使我更糊涂了。不过，有一点可是很清楚：就是文字要生动有趣，必须利用幽默。在这里，我们没弄清幽默是什么，可是明白幽默很重要的一个效用。假若干燥，晦涩，无趣，是文艺的致命伤，幽默便有了很大的重要；这就是它之所以成为文艺的因素之一的缘故吧。

至于反语，便和幽默有些不同了；虽然它俩还是可以联合在一处的东西。反语是暗示出一种冲突。这就是说，一句中有两个相反的意思，所要说的真意却不在话内，而是暗示出来的。《史记》上载着这么回事：秦始皇要修个大园子，优旃对他说："好哇，多多搜集飞禽走兽，等敌人从东方来的时候，就叫麋鹿去挡一阵，满好！"这个话，在表面上，是顺着始皇的意思说的。可是咱们和始皇都能听出其中的真意；不管咱们怎样吧，反正始皇就没再提造园的事。优旃的话便是反语。它比幽默要轻妙冷静一些。它也能引起我们的笑，可是得明白了它的真意以后才能笑。它在文艺中，特别是小品文中，是风格轻妙，引人微笑的助成者。据会古希腊语的说：这个字原意便是"说"，以别于"意"。因此，这个字还有个较实在的用处——在文艺中描写人生的矛盾与冲突，直以此字的含意用之人生上，而不只在文字上声东击西。在悲剧中，或小说中，聪明的人每每落在自己的陷阱里，聪明反被聪明误；这个，和与此相类的矛盾，普遍被称为 Sophoclean irony（索福克里斯的反语）。不过，这与幽默是没什么关系的。

现在说讽刺。讽刺必须幽默，但它比幽默厉害。它必须用极锐利的口吻说出来，给人一种极强烈的冷嘲；它不使我们痛快的笑，而是使我们淡淡的一笑，笑完因反省而面红过耳。讽刺家故意的使我们不同情于他所描写的人或事。在它的领域里，反语的应用似乎较多于幽默，因为反语也是冷静的。讽刺家的心态好似是看透了这个世界，而去极巧妙的攻击人类的短处，如《海外轩渠录》，如《镜花缘》中的一部分，都是这种心态的表现。幽默者的心是热的，讽刺家的心是冷的；因此，讽刺多是破坏的。马克·吐温（Mark Twain）可以被人形容作："粗壮，心宽，有天赋的用字之才，使我们一齐发笑。他以草原的野火与西方的泥土建设起他的真实的罗曼司①,指示给我们,在一切重要之点上我们都是一样的。"这是个幽默者。让咱们来看看讽刺家是什么样子吧。好,看看Swift(斯威夫特)②这个家伙;当他赞美自己的作品时,他这么说:"好上帝。我写那本书的时候,我是何等的一个天才呀!"在他廿六岁的时候,他希望他的诗能够:"每一行会刺,会炸,像短刃与火。"是的,幽默与讽刺二者常常在一块儿露面,不易分划开;可是,幽默者与讽刺家的心态,大体上是有很清楚的区别的。幽默者有个热心肠儿,讽刺家则时常由婉刺而进为笑骂与嘲弄。在文艺的形式上也可以看出二者的区别来:作品可以整个的叫作讽刺,一出戏或一部小说都可以在书名下注明 a satire。幽默不能这样。"幽默的"至多不过是形容作品的可笑,并不足以说明内容的含意如何。"一个讽刺"——a satire——则分明是有计划的,整本大套的讥讽或嘲骂。一本讽刺的戏剧或小说,必有个道德的目的,以笑来矫正或诛伐。幽默的作品也能有道德的目的,但不必一定如此。讽刺因道德目的而必须毒辣不留情,幽默则宽泛一些,也就宽厚一些,它可以讽刺,也可以不

---

① 罗曼司:英文"romance"的音译,意译为"传奇"。——编者注
② Swift(斯威夫特):英国作家,杰出的讽刺大师,著有《格列佛游记》《一只桶的故事》等。——编者注

讽刺，一高兴还可以什么也不为而只求和大家笑一场。

机智是什么呢？它是用极聪明的，极锐利的言语，来道出像格言似的东西，使人读了心跳。中国的老子庄子都有这种聪明。讽刺已经很厉害了，可到底要设法从旁面攻击；至于机智则是劈面一刀，登时见血。"圣人不死，大盗不止！"这才够味儿。不论这个道理如何，它的说法的锐敏就够使人跳起来的了。有机智的人大概是看出一条真理，便毫不含糊的写出来；幽默的人是看出可笑的事而技巧的写出来；前者纯用理智，后者则赖想象来帮忙。Chesterton（切斯特顿）[①]说："在事物中看出一贯的，是有机智的。在事物中看出不一贯的，是个幽默者。"这样，机智的应用，自然在讽刺中比在幽默中多，因为幽默者的心态较为温厚，而讽刺与机智则要显出个人思想的优越。

滑稽戏　farce　在中国的老话儿里应叫作"闹戏"，如《瞎子逛灯》之类。这种东西没有多少意思，不过是充分的作出可笑的局面，引人发笑。在影戏的短片中，什么把一套碟子都摔在头上，什么把汽车开进墙里去，就是这种东西。

---

① Chesterton（切斯特顿）：英国作家、文学评论家，著有论著《文学中的维多利亚时代》、推理小说《布朗神父探案》等。——编者注

这是幽默发了疯；它抓住幽默的一点原理与技巧而充分的去发展，不管别的，只管逗笑，假若机智是感诉理智的，闹戏则仗着身体的摔打乱闹。喜剧批评生命，闹戏是故意招笑。假若幽默也可以分等的话，这是最下级的幽默。因为它要摔打乱闹的行动，所以在舞台上较易表现；在小说与诗中几乎没有什么地位。不过，在近代幽默短篇小说里往往只为逗笑，而忽略了——或根本缺乏——那"笑的哲人"的态度。这种作品使我们笑得肚痛，但是除了对读者的身体也许有点益处——笑为化食糖呀——而外，恐怕任什么也没有了。

有上面这一点粗略的分析，我们现在或者清楚一些了：反语是似是而非，借此说彼；幽默有时候也有弦外之音，但不必老这个样子。讽刺是文艺的一格，诗，戏剧，小说，都可以整篇的被呼为 a satire；幽默在态度上没有讽刺这样厉害，在文体上也不这样严整。机智是将世事人心放在 X 光线下照透，幽默则不带这种超越的态度，而似乎把人都看成兄弟，大家都有短处。闹戏是幽默的一种，但不甚高明。

拿几句话作例子，也许就更能清楚一些：

今天贴了标语，明天中国就强起来——反语。

君子国的标语："之乎者也"——讽刺。

标语是弱者的广告——机智。

张三把"提倡国货"的标语贴在祖坟上——滑稽;再加上些贴标语时怎样摔跟头等等招笑的行动,就成了闹戏。

张三把"打倒帝国主义走狗"贴成"走狗打倒帝国主义"——幽默;这个张三贴一天的标语也许才挣三毛小洋,贴错了当然要受罚;我们笑这种贴法,可是很可怜张三。

这几个例子摆在纸面上也许能帮助我们分别的认清它们,但在事实上是不易这样分划开的。从性质上说,机智与讽刺不易分开,讽刺也有时候要利用闹戏;至于幽默,就更难独立。从一篇文章上说,一篇幽默的文字也许利用各种方法,很难纯粹。我们简直可以把这些都包括在幽默之内,而把它们看成各种手法与情调。我们这样分析它们与其说是为从形式上分别得清楚,还不如说是为表明幽默——大概的说——有它特具的心态。

所谓幽默的心态就是一视同仁的好笑的心态。有这种心态的人虽不必是个艺术家,他还是能在行为上言语上思想上表现出这个幽默态度。这种态度是人生里很可宝贵的,因为它表现着心怀宽大。一个会笑,而且能笑自己的人,决不会为件小事而急躁怀恨。往小了说,他决不会因为自己的孩子挨了邻儿一拳,而去打邻儿的爸爸。往大了说,他决不会因为战胜政敌而去请清兵。褊狭,自是,是"四海兄弟"这个理想的大障碍;

幽默专治此病。嬉皮笑脸并非幽默；和颜悦色，心宽气朗，才是幽默。一个幽默写家对于世事，如入异国观光，事事有趣。他指出世人的愚笨可怜，也指出那可爱的小古怪地点。世上最伟大的人，最有理想的人，也许正是最愚而可笑的人，吉珂德①先生即一好例。幽默的写家会同情于一个满街追帽子的大胖子，也同情——因为他明白——那攻打风磨的愚人的真诚与伟大。

原载于1936年8月16日《宇宙风》第23期

---

① 吉珂德：即唐·吉诃德，是西班牙作家塞万提斯的长篇反骑士小说《唐·吉诃德》中的主人公。——编者注

生活和幽默

邓拓

许多外国朋友常常给人一种印象,似乎他们比较富于幽默感;而在他们的心目中,似乎我们中国人多半是一本正经的,不喜欢幽默。

为什么会形成这样的看法,姑且不必管它。但是,说我们中国人不喜欢幽默,却不是事实。问题还在于对幽默的理解,我们和外国的一些朋友未必相同。

幽默这个词汇,本来是照拉丁文的读音,直译为汉语的。我国古来不说幽默,只有滑稽一词,最早见于司马迁的《史记》。打开《史记》卷一百二十六《滑稽列传》,首先就能看到司马贞的《索隐》,他解释滑稽的含义是:"滑谓乱也,稽同也。以言辩捷之人,言非若是,说是若非,能乱同异也。……崔浩云：滑音骨，稽流酒器也。转注吐酒，终日不已，言出口成章，词不穷竭，若滑稽之吐酒。"①

显然所谓滑稽，在我国古文中的含义，比幽默的含义要宽广得多。它不像我们现在区分得这么清楚。我们现在随着中外思想的交流和社会生活的多样化，已经可以区分幽默、讽刺和滑稽的不同含义了。

从我们现在的观点看来，所谓幽默，它的表现形式主要是由于人们对生活中的矛盾和缺陷，引起了一种同情的苦笑，有时也会变成讥笑，但是，它并不等于讽刺。因为讽刺的对象往往是相当严重的缺点和错误，所以它所采取的只能是一种比较尖锐的批评。至于现在人们公认为滑稽的含义，显然与幽默和讽刺都不大一样。现在人们所说的滑稽，主要是指那种夸张的打诨，甚至于是粗野的逗趣。这同我国古书上所说的滑稽的含义，广狭大有区别。以《史记·滑稽列传》为例，就可以证明，我们的古人是把滑稽当作一个大概念，它既包括了幽默，也包括了讽刺。

---

① 据《史记索隐·樗里子甘茂列传第十一》，原文为："滑，音骨。稽，音雞。……滑，乱也。稽，同也。言便捷之人，言非若是，言是若非，谓能乱同异也。一云：滑稽，酒器，可转注吐酒不已。以言俳优之人出口成章，词不穷竭，如滑稽之吐酒不已也。"——编者注

据《史记·滑稽列传》载，齐国的淳于髡"滑稽多辩"，但是传中所举的例子都属于幽默和讽谏，并非我们现时的滑稽所可比。同样，楚国的优孟、秦国的优旃也都不是用滑稽的形式，而是用幽默和讽谏的形式，揭发和纠正了当时的错误。虽然，汉朝的东方朔有一些表现近于滑稽，但是，他的主要事例仍然属于幽默和讽谏。

由此可见，我国自古以来实际上已有幽默的传统。如果说我们中国人不喜欢幽默，那是没有根据的。不过，我们也应该承认，在相当长的历史时期，这种幽默的传统没有被充分发扬出来，因此，在人们的日常接触中，自然会觉得幽默感比较少，甚至于有许多人过分板起脸孔，令人望而生畏。在这种情况下，如果善意地提出，希望大家在生活中要有一点幽默，这大概不至于会遇到许多人的反对。特别是在劳动人民中，我们经常会发现他们的幽默感是很强的。我们有许多工人和农民都具有爽朗而诙谐的性格，同他们在一起往往能听到许多幽默的谈笑。留心采风的人，多多注意收集这类谈笑的资料，就能更多地了解民情。古来这样的例子不胜枚举。

宋代郑文宝，在《江表志》中叙述了一个故事。他说："申渐高尝因曲宴，天久无雨，烈祖曰：四郊之外，皆言雨足，唯都城百里之地亢旱，何也？渐高云：雨怕抽税，不敢入城。异日市征之令咸有减除。"① 在封建时代，苛捐杂税多得很，申渐高说出了"雨怕抽税，不敢入城"这么一句话，充分表现了幽默和讽谏的内容；后来市征果然减少了，更可以证明这句话并不是一句空话，而是有实际意义的。

一般说来，幽默并不一定都有实际意义，尤其是在我们的新社会中，任何问题都可以直接提出，得到解决，没有必要采取那样曲折隐晦的形式。然而，无论如何，人们的生活中总会有某些矛盾的现象，不免会叫人觉得可笑，因此，就不会没有一点幽默感。总之，我们的生活本身，自然会带来种种幽默，也需要有一点幽默啊！

原载于1962年5月13日《北京晚报》

---

① 据《五代史书汇编·江表志》，原文为："申渐高尝因曲宴，天久无雨，烈祖曰：四郊之外，皆言雨足，惟都城百里之地亢旱，何也？渐高云：雨怕抽税，不敢入城。翌日，市征之令得蠲除。""得蠲除"，《四库全书》《说郛》作"咸有损除"。——编者注

吹牛的妙用

庐隐

吹牛是一种夸大狂,在道德家看来,也许认为是缺点,可是在处世接物上却是一种刮刮叫的妙用。假使你这一生缺少了吹牛的本领,别说好饭碗找不到,便连黄包车夫也不放你在眼里的。

西洋人究竟近乎白痴,什么事都只讲究脚踏实地去作,这样费力气的勾当,我们聪明的中国人,简直连牙齿都要笑掉了。西洋人什么事都讲究按部就班的慢慢来,从来没有平地登天的捷径,而我们中国人专门走捷径,而走捷径的第一个法门,就是善吹牛。

吹牛是一件不可看轻的艺术,就如修辞学上不可缺少"张喻"一类的东西一样。像李太白什么"黄河之水天上来",又是什么"白发三千丈",这在修辞学上就叫作"张喻",而在不懂修辞学的人看来,就觉得李太白在吹牛了。

而且实际上说来,吹牛对于一个人的确有极大的妙用。人类这个东西,就有这么奇怪,无论什么事,你若老老实实地把实话告诉他,不但不能激起他共鸣的情绪,而且还要轻蔑你冷笑你,假使你见了那摸不清你根底的人,你不管你家里早饭的米是当了被褥换来的,你只要大言不惭地说"某部长是我父亲的好朋友,某政客是我拜把子的叔公,我认得某某巨商,我的太太同某军阀的第五位太太是干姐妹",吹起这一套法螺来,那摸不清你的人,便帖帖服服地向你合十顶礼,说不定碰得巧还恭而且敬地请你大吃一顿筵席呢!

吹牛有了如许的好处,于是无论那一类的人,都各尽其力地大吹其牛了。但是且慢!吹牛也要认清对手方面的,不然的话必难打动他或她的心弦,那么就失掉吹牛的功效了。比如说你见了一个仰慕文人的无名作家或学生时,而你自己要自充老前辈时,你不用说别的,只要说胡适是我极熟的朋友,郁达夫是我最好的知己,最妙你再转弯抹角地去探听一些关于胡适郁达夫琐碎的佚事,比如说胡适最喜听什么,郁达夫最讨厌什么,于是便可以亲亲切切地叫着"适之怎样怎样,达夫怎样怎样"，这样一来，你便也就成了胡适郁达夫同等的人物，而被人所尊敬了。

如果你遇见一个好虚荣的女子呢，你就可以说你周游过列国，到过土耳其、南非洲！并且还是自费去的，这样一来就可以证明你不但学识阅历丰富，并且还是资产阶级。于是乎你的恋爱便立刻成功了。

你如遇见商贾、官僚、政客、军阀，都不妨察言观色，投其所好，大吹而特吹之，总而言之，好色者以色吹之，好利者以利吹之，好名者以名吹之，好权势者以权势吹之，此所谓以毒攻毒之法，无往而不利。

或曰吹牛妙用虽大，但也要善吹，否则揭穿西洋镜，便没有戏可唱了。

这当然是实话，并且吹牛也要有相当的训练，第一要不红脸，你虽从来没有著过一本半本的书，但不妨咬紧牙根说："我的著作等身，只可恨被一把野火烧掉了！"你家里因为要请几个漂亮的客人吃饭，现买了一副碗碟，你便可以说"这些东西十年前就有了"，以表示你并不因为请客受窘。假如你荷包里只剩下一块大洋，朋友要邀你坐下来入圈，你就可以说："我的钱都放在银行里，今天竟匀不出工夫去取！"假如那天你的太太感觉你没多大出息时，你就可以说张家大小姐说我的诗作的好，王家少奶奶说我脸子漂亮而有丈夫气，这样一来太太便立刻加倍地爱你了。

这一些吹牛经，说不胜说，但神而明之，存乎其人！

选自《东京小品集》，北新书局 1936 年 1 月

不开心与开心

周瘦鹃

我生就是个不开心的人,踏进了这不开心的世界,碰来碰去,都是不开心的事情,于是我就格外的不开心了。讲到日常生活人事,无非衣食住三大问题。但我穿着破旧的衣服,当然不开心,而穿了崭新的锦衣华服,也依然是不开心,吃黄米饭豆腐汤,果然不开心,而吃了鱼翅燕窝,也依然是不开心。住在穷斋矮屋中,果然不开心,而住了高堂大厦,依然是不开心。此外,没有钱财不开心,有了钱也不开心。没有妻时不开心,娶了妻也不开心。没有子女时不开心,有了子女也不开心。没有事做不开心,事情忙了也不开心。横不开心,竖不开心,简直是被千千万万的不开心包围住了。有人问,你毕竟为了什么如此不开心,我却也说不出个所以然来。大概做人总是不开心的,所以我也兀自不开心么,但不知道别的人怎么样?毕竟是开心不开心?

有人说,如此你竟一辈子没有开心的时候吗?我说不,不!我也有短时间的开心,这短时间的开心,便是在影戏院中,看见了那种使人开心的滑稽影片时。那么这不开心的我,居然也开心起来了。卓别灵啊、罗克啊、林达啊、齐士甘登啊,都是一等一的良医,可以医我的不开心,而使我得短时间开心的。然而他们全是西医,所以未得中医为憾。好了,中医来了!老友徐卓呆、汪优游,他们本来是开心的人物,肯做开心的文章,肯演开心的戏剧,又为了应公众开心的需求起见,组织一个开心影戏公司,专搜开心的材料,制成开心的影片。顾名思义,一定是大有开心之道。于是这不开心的我,又上影戏院去寻开心了。我看了《隐身衣》,我开心。我看了《临时公馆》,我开心。我看了《爱情之肥料》,我开心。我看了《神仙杯》,我开心。我看了《怪医生》,我开心。我看了《活招牌》,我开心。我看了《活动银箱》,我开心。我不但开心而已,我且微笑,大笑,放声而狂笑,直笑得拍手、跺脚、肚子痛、眼泪出,然后很开心的回去。开心影片公司很会寻开心,如今又制成了一种极开心的影片,叫做《雄媳妇》。媳妇应是雌的,他们却偏说是雄的,一看这名儿,先驱就足以开心了。预料看这全片之后，一定要大开心而特开心。凡是不开心的人，非去看看开心不可。医不开心无良药，开心公司的影片，就是无上良药。《雄媳妇》公映之日，我就预备去观看了。不开心的人们啊！我们手携着手儿，大家一起开心去。

原载于1926年10月15日《开心特刊》第3期

"春朝"一刻值千金

(懒惰汉的懒惰想头之一)

梁遇春

十年来,求师访友,足迹走遍天涯,回想起来给我最大益处的却是"迟起",因为我现在脑子里所有聪明的想头,灵活的意思多半是早上懒洋洋地赖在床上想出来的。我真应该写几句话赞美它一番,同时还可以告诉有志的人们一点迟起艺术的门径。

谈起艺术,我虽然是门外汉,不过对于迟起这门艺术倒可说是一位行家,因为我既具有明察秋毫的批评能力,又带了甘苦备尝的实践精神。我天天总是在可能范围之内,尽量地滞在床上——那是我们的神庙——看着射在被上的日光,暗笑四围人们无谓的匆忙,回味前夜的痴梦——那是比做梦还有意思的事，——细想迟起的好处，唯我独尊地躺着，东倒西倾的小房立刻变做一座快乐的皇宫。

诗人画家为着要追求自己的幻梦，实现自己的痴愿，宁可牺牲一切物质的快乐，受尽亲朋的诟骂，他们从艺术里能够得到无穷的安慰，那是他们真实的世界，外面的世界对于他们反变成一个空虚。迟起艺术家也具有同等的精神。区区虽然不是一个迟起大师，但是对于本行艺术的确有无限的热忱——艺术家的狂热。

所以让我拿自己做个例子罢。当我是个小孩时候，我的生活由家庭替我安排，毫无艺术的自觉，早上六点就起来了。后来到北方念书去，北方的天气是培养迟起最好的沃土，许多同学又都是程度很高的迟起艺术专家，于是绝好的环境同朋辈的切磋使我领略到迟起的深味，我的忠于艺术的热度也一天一天地增高。

暑假年假回家时期，总在全家人吃完了早饭之后，我才敢动起床的念头。老父常常对我说清晨新鲜空气的好处，母亲有时提到重温稀饭的麻烦，慈爱的祖母也屡次向我姑母说"早起三日当一工"（我的姑母老是起得很早的），我虽然万分不愿意失丢大人们的欢心，但是为着忠于艺术的缘故，居然甘心得罪老人家。后来老人家知道我是无可救药的，反动了怜惜的心肠，他们早上九点钟时候走过我的房门前还是用着足尖；人们温情地放纵我们的弱点是最容易刺动我们麻木的良心，但是我总舍不得违弃了心爱的艺术，所以还是懊悔地照样地高卧。

在大学里，有几位道貌岸然的教授对于迟到学生总是白眼相待，我不幸得很，老做他们白眼的鹄的，也曾好几次下个决心早起，免得一进教室的门，就受两句冷讽，可是一年一年地过去，我足足受了四年的白眼待遇，里头的苦处是别人想不出来的。

有一年寒假住在亲戚家里，他们晚饭的时间是很早的，所以一醒来，腹里就咕隆地响着。我却按下饥肠，故意想出许多有趣事情，使自己忘却了肚饿，有时饿出汗来，还是坚持着非到十时是不起来的。

对于艺术我是多么忠实，情愿牺牲。枵腹做诗的爱仑·波[①]真可说是我的同志。后来入世谋生，自然会忽略了艺术的追求；不过我还是尽量地保留一向的热诚，虽然已经是够堕落了。想起我个人因为迟起所受的许多说不出的苦痛，我深深相信迟起是一门艺术，因为只有艺术才会这样带累人，也只有艺

[①] 爱仑·波：今译作"爱伦·坡"，美国诗人、小说家，著有《黑猫》《怪异故事集》等。——编者注

术家才肯这样不变初衷地往前牺牲一切。

但是从迟起我也得到不少的安慰，总够补偿我种种的苦痛。迟起给我最大的好处是我没有一天不是很快乐地开头的。我天天起来总是心满意足的，觉得我们住的世界无日不是春天，无处不是乐园。

当我神怡气舒地躺着时候，我常常记起勃朗宁的诗："上帝在上，万物各得其所。"（鱼游水里，鸟栖树枝，我卧床上。）人生是短促的，可是若使我们有过光荣的青春，我们的一生就不能算是虚度，我们的残年很可以傍着火炉，晒着太阳在回忆里过日子。同样的一天的光阴是很短促的，可是若使我们有过光荣的早上（一半时间花在床上的早晨！），我们这一天就不能说是白丢了，我们其余时间可以用在追忆清早的幸福，我们青年时期若使是欢欣的结晶，我们的余生一定不会很凄凉的，青春的快乐是有影子留下的，那影子好似带了魔力，惨淡的老年给它一照，也现出和蔼慈祥的光辉。我们一天里也是一样的，人们不是常说：一件事情好好地开头，就是已经成功一半了；那么赏心悦意的早晨是一天快乐的先导。

迟起不单是使我天天快活地开头，还叫我们每夜高兴地结束这个日子；我们夜夜去睡时候，心里就预料到明早迟起的快乐——预料中的快乐是比当时的享受，味还长得多——这样子我们一天的始终都是给生机活泼的快乐空气围住，这个可爱的升平景象却是迟起一手做成的。

迟起不仅是能够给我们这甜蜜的空气，它还能够打破我们结结实实的苦闷。人生最大的愁忧是生活的单调。悲剧是很热闹的，怪有趣的，只有那不生不死的机械式生活才是最无聊赖的。迟起真是惟一的救济方法。

你若使感到生活的沉闷，那么请你多睡半点钟（最好是一点钟），你起来一定觉得许多要干的事情没有时间做了，那么是非忙不可——"忙"是进到快乐宫的金钥，尤其那自己找来的忙碌。忙是人们体力发泄最好的法子，亚里士多德不是说过人的快乐是生于能力变成效率的畅适。

我常常在办公时间五分钟以前起床，那时候洗脸拭牙进早餐，都要用最快的速度完成。全变做最浪漫的举动，当牙膏四溅，脸水横飞，一手拿着头梳，对着镜子，一面吃面包时节，谁会说人生是没有趣味呢？而且当时只怕过了时间，心中充满了冒险的情绪。

这些暗地晓得不碍事的冒险兴奋是顶可爱的东西，尤其是对于我们这班不敢真真履险的懦夫。我喜欢北方的狂风，因为当我们冲着黄沙望前进的时候，我们仿佛是斩将先登，冲锋陷阵的健儿，跟自然的大力肉搏，这是多么可歌可泣的壮举，同时除开耳孔鼻孔塞点沙土外，丝毫危险也没有，不管那时是怎地像煞有介事样子。冒险的嗜好那个人没有，不过我们胆小，不愿白丢了生命，仁爱的上帝，因此给我们卷地蔽天的刮风，做我们安稳冒险的材料。住在江南的可怜虫，找不到这一天赐的机会，只得英雄做时势，迟些起来，自己创造机会。就是放假期间，十时半起床，早餐后抽完了烟，已经十一时过了，一想到今天打算做的事情一件也没有动手，赶紧忙着起来——天下里还有比无事忙更有趣味的事吗？

若使你因为迟起挨到人家的闲话，那最少也可以打破你日常一波不兴无声无臭的生活。我想凡是尝过生活的深味的人一定会说痛苦比单调灰色生活强得多，因为痛苦是活的，灰色的生活却是死的象征。迟起本身好似是很懒惰的，但是它能够给我们最大的活气，使我们的生活跳动生姿；世上最懒惰不过的人们是那般黎明即起，老早把事做好，坐着呆呆地打呵欠的人们。迟起所有的这许多安慰，除开艺术，我们那里还找得出来呢？许多人现在还不明白迟起的好处，这也可以证明迟起是一种艺术，因为只有艺术人们才会这样地不去睬它。

现在春天到了，"春宵苦短日高起"，五六点钟醒来，就可以看见太阳，我们可以醉也似的躺着，一直躺了好几个钟头，静听流莺的巧啭，细看花影的慢移，这真是迟起的绝好时光。

能让我们天天多躺一会儿罢,别辜负了这一刻千金的"春朝"。

《懒惰汉的懒惰想头》是当代英国小品文家Jerome K. Jerome[①]的文集名字(*Idle Thoughts of an Idle Fellow*),集里所说的都是拉闲扯散,瞎三道四的废话,可是自带有幽默的深味,好似对于人生有比一般人更微妙的认识同玩味——这或者只是因为我自己也是懒惰汉,官官相卫,惺惺惜惺惺,那么也好,就随它去罢。"春宵一刻值千金"这句老话,是谁也知道的,我觉得换一个字,就可以做我的题目。连小小二句题目,都要东抄西袭凑合成的,不肯费心机自己去做一个,这也可以见我的懒惰了。

在副题目底下加了"之一"两字,自然是指明我还要继续写些这类无聊的小品文字,但是什么时候会写第二篇,那是连上帝都不敢预言的。我是那么懒惰,有时晚上想好了意思,第二天起得太早,心中一懊悔,什么好意思都忘却了。

原载于 1929 年 5 月 27 日《语丝》第 5 卷第 12 期

[①] Jerome K. Jerome:今通译"杰罗姆·克拉普卡·杰罗姆"。——编者注

幽默的叫卖声

夏丏尊

住在都市里,从早到晚,从晚到早,不知要听到多少种类多少次数的叫卖声。深巷的卖花声是曾经入过诗的,当然富于诗趣,可惜我们现在实际上已不大听到。寒夜的"茶叶蛋""细沙粽子""莲心粥"等等,声音发沙,十之七八似乎是"老枪"的喉咙,困在床上听去,颇有些凄清。每种叫卖声,差不多都有着特殊的情调。

我在这许多叫卖声中发见了两种幽默家。

一种是卖臭豆腐干的。每日下午五六点钟,弄堂日常有臭豆腐干担歇着或是走着叫卖,担子的一头是油锅,油锅里现炸着臭豆腐干,气味臭得难闻,卖的人大叫"臭豆腐干!""臭豆腐干!"态度自若。

我以为这很有意思。"说真方，卖假药""挂羊头，卖狗肉"，是世间一般的毛病，以香相号召的东西，实际往往是臭的。卖臭豆腐干的居然不欺骗大众，自叫"臭豆腐干"，把"臭"作为口号标语，实际的货色真是臭的。如此言行一致，名副其实，不欺骗别人的事情，恐怕世间再也找不出来了吧，我想。

"臭豆腐干！"这呼声在欺诈横行的现世，俨然是一种愤世嫉俗的激越的讽刺！

还有一种是五云日升楼卖报者的叫卖声。那里的卖报的和别处不同，没有十多岁的孩子，都是些三四十岁的老枪瘪三，身子瘦得像腊鸭，深深的乱头发，青屑屑的烟脸，看去活像是个鬼。早晨是看不见他们的，他们卖的总是夜报，傍晚坐电车打那儿经过，就会听到一片的发沙的卖报声。

他们所卖的似乎都是两个铜板的东西（如《新夜报》《时代号外》之类），叫卖的方法很特别，他们不叫"刚刚出版××报"，却把价目和重要新闻标题联在一起，叫起来的时候，老是用"两个铜板"打头，下面接着"要看到"三个字，再下去是当日的重要的国家大事的题目，再下去是一个"哪"字。"两个铜板要看到十九路军反抗中央哪！"在福建事变起来的时候，他们就这样叫。"两个铜板要看到剿匪胜利哪！"在剿匪消息胜利的时候，他们就这样叫。"两个铜板要看到日本副领事在南京失踪哪！"藏本事件开始的时候，他们就这样叫。

在他们的叫声里任何国家大事都只要化两个铜板就可以看到，似乎任何国家大事都只值两个铜板的样子。我每次听到，总深深地感到冷酷的滑稽情味。

"臭豆腐干！""两个铜板要看到××××哪！"这两种叫卖者颇有幽默家的风格。前者似乎富于热情，像个矫世的君子；后者似乎鄙夷一切，像个玩世的隐士。

原载于1935年3月《太白》第2卷第1期

宴之趣

郑振铎

虽然是冬天,天气却并不怎么冷,雨点淅淅沥沥的滴个不已,灰色云是弥漫着;火炉的火是熄下了,在这样的秋天似的天气中,生了火炉未免是过于燠暖了。家里一个人也没有,他们都出外"应酬"去了。独自在这样的房里坐着,读书的兴趣也引不起,偶然的把早晨的日报翻着,翻着,看看它的广告,忽然想起去看 Merry Widow① 吧。于是独自的上了电车,到派克路跳下了。

在黑漆的影戏院中,乐队悠扬的奏着乐,白幕上的黑影,坐着,立着,追着,哭着,笑着,愁着,怒着,恋着,失望着,

---

① *Merry Widow*:美国电影《风流寡妇》。——编者注

决斗着，那还不是那一套，他们写了又写，演了又演的那一套故事。

但至少，我是把一句话记住在心上了：

"有多少次，我是饿着肚子从晚餐席上跑开了。"

这是一句隽妙无比的名句，借来形容我们宴会无虚日的交际社会，真是很确切的。

每一个商人，每一个官僚，每一个略略交际广了些的人，差不多他们的每一个黄昏，都是消磨在酒楼菜馆之中的。有的时候，一个黄昏要赶着去赴三四处的宴会。这些忙碌的交际者真是妓女一样，在这里坐一坐，就走开了，又赶到另一个地方去了，在那一个地方又只略坐一坐，又赶到再一个地方去了。他们的肚子定是不会饱的，我想。有几个这样的交际者，当酒阑灯炧，应酬完毕之后，定是回到家中，叫底下人烧了稀饭来填补空肠的。

我们在广漠繁华的上海，简直是一个村气十足的"乡下人"；我们住的是乡下，到"上海"去一趟是不容易的，我们过的是乡间的生活，一月中难得有几个黄昏是在"应酬"场中度过的。有许多人也许要说我们是"孤介"，那是很清高的一个名词，但我们实在不是如此，我们不过是不惯征逐于酒肉之场，始终保持着不大见世面的"乡下人"的色彩而已。

偶然的有几次，承一二个朋友的好意，邀请我们去赴宴。在座的至多只有三四个熟人，那一半生客，还要主人介绍或自己去请教尊姓大名，或交换名片，把应有的初见面的应酬的话讷讷的说完了之后，便默默的相对无言了。说的话都不是有着落，都不是从心里发出的；泛泛的，是几个音声，由喉咙头溜到口外的而已。过后自己想起那样的敷衍的对话，未免要为之失笑。如此的，说是一个黄昏在繁灯絮语之宴席上度过了，然而那是如何没有生趣的一个黄昏呀！

有几次，席上的生客太多了，除了主人之外没有一个是认识的；请教了姓名之后，也随即忘记了。除了和主人说几句话之外，简直的无从和他们谈起。不晓得他们是什么行业，不晓得他们是什么性质的人，有话在口头也不敢随意的高谈起来。那一席宴，真是如坐针毡；精美的羹菜，一碗碗的捧上来，也不知是什么味儿。终于忍不住了，只好向主人撒一个谎，说身体不大好过，或是说还有应酬，一定要去的。——如果在谣言很多的这几天当然是更好托词了，说我怕戒严提早，要被留在华界之外——虽然这是无礼貌的，不大应该的，虽然主人是照例的殷勤的留着，然而我却不顾一切的不得不走了。这个黄昏实在是太难挨得过去了！回到家里以后，买了一碗稀饭，即使只有一小盏萝卜干下稀饭，反而觉得舒畅，有意味。

如果有什么友人做喜事，或寿事，在某某花园，某某旅社的大厅里，大张旗鼓的宴客，不幸我们是被邀请了，更不幸我们是太熟的友人，不能不到，也不能道完了喜或拜完了寿，立刻就托词溜走的，于是这又是一个可怕的黄昏。常常的张大了两眼，在寻找熟人，好容易找到了，一定要紧紧的和他们挤在一处，不敢失散。到了坐席时，便至少有两三人在一块儿可以谈谈了，不至于一个人独自的局促在一群生面孔的人当中，惶恐而且空虚。当我们两三人在津津的谈着自己的事时，偶然抬起眼来看着对面的一个坐客，他是凄然无侣的坐着；大家酒杯举了，他也举着；菜来了，一个人说"请，请"，同时把牙箸伸到盘边，他也说"请，请"，也同样的把牙箸伸出。除了吃菜之外，他没有目的，菜完了，他便局促的独坐着。我们见了他，总要代他难过，然而他终于能够终了席方才起身离座。

宴会之趣味如果仅是这样的，那么，我们将咒诅那第一个发明请客的人；喝酒的趣味如果仅是这样的，那么，我们也将打倒杜康与狄奥尼修士①了。

然而又有的宴会却幸而并不是这样的，我们也还有别的

---

① 杜康：中国古代传说中酒的发明者，酿酒行业的祖师爷。狄奥尼修士：今译作"狄俄尼索斯"，希腊神话中的酒神。——编者注

可以引起喝酒的趣味的环境。

独酌。据说，那是很有意思的。我少时，常见祖父一个人执了一把锡的酒壶，把黄色的酒倒在白瓷小杯里，举了杯独酌着；喝了一小口，真正一小口，便放下了，又拿起筷子来夹菜。因此，他食得很慢，大家的饭碗和筷子都已放下了，且已离座了，而他却还在举着酒杯，不匆不忙的喝着。他的吃饭，尚在再一个半点钟之后呢。而他喝着酒，颜微酡着，常常叫道："孩子，来！"而我们便到了他的跟前。他夹了一块只有他独享着的菜蔬放在我们口中，问道："好吃吗？"我们往往以点点头答之。在孙男与孙女中，他特别的喜欢我，叫我前去的时候尤多。常常的，他把有了短髭的嘴吻着我的面颊，微微有些刺痛，而他的酒气从他的口鼻中直喷出来。这是使我很难受的。

这样的，他消磨过了一个中午和一个黄昏。天天都是如此。我没有享受过这样的乐趣。然而回想起来，似乎他那时是非常的高兴，他是陶醉着，为快乐的雾所围着，似乎他的沉重的忧郁都从心上移开了，这里便是他的全个世界，而全个世界也便是他的。

别一个宴之趣，是我们近几年所常常领略到的，那就是集合了好几个无所不谈的朋友，全座没有一个生面孔，在随意地喝着酒，吃着菜，上天下地的谈着。有时说着很轻妙的话，说着很可发笑的话，有时是如火如剑的激动的话，有时是深切的论学谈艺的话，有时是随意的取笑着，有时是面红耳热的争辩着，有时是高妙的理想在我们的谈锋上触着，有时是恋爱的遇合与家庭的与个人的身世使我们谈个不休。每个人都把他的心胸赤裸裸的袒开了，每个人都把他的向来不肯给人看的面孔显露出来了；每个人都谈着，谈着，谈着，只有更兴奋的谈着，毫不觉得"疲倦"是怎么一个样子。酒是喝得干了，菜是已经没有了，而他们却还是谈着，谈着，谈着。那个地方，即使是很喧闹的，很湫狭的，向来所不愿意多坐的，而这时大家却都忘记了这些事，只是谈着，谈着，谈着，没有一个人愿意先说起告别的话。要不是为了戒严或家庭的命令，竟不会有人想走开的。虽然这些闲谈都是琐屑之至的，都是无意味的，而我们却已在其间得到宴之趣了；——其实在这些闲谈中，我们是时时可发现许多珠宝的；大家都互相的受着影响，大家都更进步了解他的同伴，大家都可以从那里得到些教训与利益。

"再喝一杯，只要一杯，一杯。"

"不，不能喝了，实在的。"

不会喝酒的人每每这样的被强迫着而喝了过量的酒。面部红红的，映在灯光之下，是向来所未有的壮美的丰采。

"圣陶，干一杯，干一杯。"我往往的举起杯来对着他说，我是很喜欢一口一杯的喝酒的。

"慢慢的，不要这样快，喝酒的趣味，在于一小口一小口地喝，不在于一杯干。"圣陶反抗似的说，然而终于他是一口干了。一杯又是一杯。

连不会喝酒的愈之，雁冰，有时，竟也被我们强迫的干了一杯。于是大家哄然的大笑，是发出于心之绝底的笑。

再有，佳年好节，合家团团的坐在一桌上，放了十几双的红漆筷子，连不在家中的人也都放着一双筷子，都排着一个座位。小孩子笑孜孜的闹着吵着，母亲和祖母温和的笑着，妻子忙碌着，指挥着厨房中厅堂中仆人们做菜，端菜，那也是特有一种融融泄泄的乐趣，为孤独者所妒羡不止的，虽然并没有和同伴们同在时那样的宴之趣。

还有，一对恋人独自在酒店的密室中晚餐；还有，从戏院中偕了妻子出来，同登酒楼喝一二杯酒；还有，伴着祖母或母亲在熊熊的炉火旁边，放了几盏小菜，闲吃着宵夜的酒，那都是使身临其境的人心醉神怡的。

宴之趣是如此的不同呀！

选自《海燕》，新中国书局 1932 年

第四章
人生需要一点天真

天真与经验

梁遇春

天真和经验好像是水火不相容的东西。我们常以为只有什么经验也没有的小孩子才会天真,他那位饱历沧桑的爸爸是得到经验,而失掉天真了。可是,天真和经验实在并没有这样子不共戴天,它们俩倒很常是聚首一堂。英国最伟大的神秘诗人勃来克[①]著有两部诗集:《天真的歌》(*Songs of Innocence*)同《经验的歌》(*Songs of Experience*)。在"天真的歌"里,他无忧无虑地信口唱出晶莹甜蜜的诗句,他简直是天真的化身,好像不晓得世上是有龌龊的事情的。然而在"经验的歌"里,他把人情的深处用简单的辞句表现出来,真是找不出一个比他

---

① 勃来克:即威廉·布莱克。——编者注

更有世故的人了，他将伦敦城里扫烟囱小孩子的穷苦，娼妓的厄运说得辛酸凄迷，可说是看尽人间世的烦恼。可是他始终仍然是那么天真，他还是常常亲眼看见天使；当他的工作没有做得满意时候，他就同他的妻子双双跪下，向上帝祈祷。他快死的前几天，那时他结婚已经有四十五年了，一天他看着他的妻子，忽然拿起铅笔叫道："别动！在我眼里你一向是一个天使；我要把你画下。"他就立刻画出她的相貌。这是多么天真的举动。尖酸刻毒的斯惠夫特写信给他那两位知心的女人时候，的确是十足的孩子气，谁去念 The Journal to Stella 这部书信集，也不会想到写这信的人就是 Gulliver's Travels 的作者。[①] 斯蒂芬生[②]在他的小品文集《贻青年少女》(Virginibus Puerisque)中，说了许多世故老人的话，尤其是对于婚姻，讲有好些叫年轻的爱人们听着会灰心的冷话。但是他却没有失丢了他的童心，他能够用小孩子的心情去叙述海盗的故事，他又能借小孩子的口气，著出一部《小孩的诗园》(A Child's Garden of Verses)，里面充满着天真的空气，是一本儿童文学的杰作。

---

① 斯惠夫特：今译作"斯威夫特"。The Journal to Stella：《致斯特拉的日记》。Gulliver's Travels：《格列佛游记》。——编者注
② 斯蒂芬生：今译作"斯蒂文森"，苏格兰诗人、小说家，著有《金银岛》《化身博士》等。——编者注

可见确然吃了知识的果，还是可以在乐园里逍遥到老。我们大家并不是个个人都像亚当先生那么不幸。

也许有人会说，这班诗人们的天真是装出来的，最少总有点做作的痕迹，不能像小孩子的天真那么浑脱自然，毫无机心。但是，我觉得小孩子的天真是靠不住的，好像个很脆的东西，经不起现实的接触。并且当他们才发现出人情的险诈同世路的崎岖时候，他们会非常震惊，因此神经过敏地以为世上除开计较得失利害外是没有别的东西的，柔嫩的心或者就这么麻木下去，变成个所谓值得父兄赞美的少年老成人了。他们从前的天真是出于无知，值不得什么赞美的，更值不得我们欣羡。桌子是个一无所知的东西，它既不晓得骗人，更不会去骗人，为什么我们不去颂扬桌子的天真呢？小孩子的天真跟桌子的天真并没有多大的分别。至于那班已坠世网的人们的天真就大不同了。他们阅历尽人世间的纷扰，经过了许多得失哀乐，因为看穿了鸡虫得失的无谓，又知道在太阳底下是难逢笑口的，所以肯将一切利害的观念丢开，来任口说去，任性做去，任情去欣赏自然界的快乐。他们以为这样子痛快地活着才是值得的。他们把机心看做是无谓的虚耗，自然而然会走到忘机的境界了。他们的天真可说是被经验锻炼过了，仿佛像在八卦炉里蹲过，做成了火眼金睛的孙悟空。人世的波涛再也不能将他们的天真卷去，他们真是"世路如今已惯，此心到处悠然"，这种悠然的心境既然成为习惯，习惯又成天然，所以他们的天真也是浑脱一气，没有刀笔的痕迹的。这个建在理智上面的天真绝非无知的天真所可比拟的，从无知的天真走到这个超然物外的天真，这就全靠着个人的生活艺术了。

　　忽然记起我自己去年的生活了，那时我同 G 常作长夜之谈。有一晚电灯灭后，蜡烛上时，我们搓着睡眼，重新燃起一斗烟来，就谈着年轻人所最爱谈的题目——理想的女人。我们不约而同地说道最可爱的女子是像卖解，女优，歌女等这班风尘人物里面的痴心人。她们流落半生，看透了一切世态，学会了万般敷衍的办法，跟人们好似是绝不会有情的，可是若使她们真真爱上了一个情人，她们的爱情比一般的女子是强万万倍的。她们不像没有跟男子接触过的女子那样盲目，口是心非的甜言蜜语骗不了她们，暗地皱眉的热烈接吻瞒不过她们的慧眼，她们一定要得到了个一往情深的爱人，才肯来永不移情地心心相托。她们对于爱人所以会这么苛求，全因为她们自己是恳挚万分。至于那班没有经验的女子，她们常常只听到几句无聊的卿卿我我，就以为是了不得了，她们的爱情轻易地结下，将来也就轻易地勾销，这那里可以算做生生死死的深情。不出闺门的女子只有无知，很难有颠扑不破的天真，同由世故的熔炉里铸炼出来的热情。数十年来我们把女子关在深闺里,不给她们一个得到经验的机会,既然没有经验来锻炼,她们当然不容易有个强毅的性格,我们又来怪她们的杨花水性,说了许多混话,这真是太冤枉了。我们把无知误解做天真,不晓得从经验里突围而出的天真才是可贵的,因此上造了这九州大错,这又要怪谁呢?

没有尝过穷苦的人们是不懂得安逸的好处的,没有感到人生的寂寞的人们是不能了解爱的价值的,同样地未曾有过经验的孺子是不知道天真之可贵的。小孩子一味天真,糊糊涂涂地过日,对于天真并未曾加以认识,所以不能做出天真的诗歌来,笨大的爸爸们尝遍了各种滋味,然后再洗涤俗虑,用锻炼过后的赤子之心来写诗歌,却做出最可喜的儿童文学,在这点上就可以看出人世的经验对于我们是最有益的东西了。老年人所以会和蔼可亲也是因为他们受过了经验的洗礼。必定要对于人世上万物万事全看淡了,然后对于一二件东西的留恋才会倍见真挚动人。宋诗里常有这种意境,欧阳永叔的"棋罢不知人换世,酒阑无奈客思家"同苏长公的"存亡惯见浑无泪,乡井难忘尚有心"全能够表现出这种依依的心情。① 虽然把人世存

---

① 欧阳永叔:即欧阳修(1007—1072),字永叔,北宋文学家。苏长公:即苏轼(1037—1101),字子瞻,因排行居长,故被称为"苏长公"。
——编者注

亡全置之度外，漠然不动于衷。但是对于客子的思家同自己的乡愁仍然是有些牵情。这种怅惘的情怀是多么清新可喜，我们读起来觉得比处处留情的才子们的滥情是高明得多，这全因为他们的情绪受过了一次蒸馏。从经验里出来的天真会那么带着诗情也是为着同样的缘故。

蔼里斯在他的杰作《性的心理的研究》第六卷里说道："就说我们承认看着裸体会激动了热情，这个激动还是好的，因为它引起我们的一种良好习惯，自制。为着恐怕有些东西对于我们会有引诱的能力，就赶紧跑到沙漠去住，这也可说是一种可怜的道德了。我们应当知道在文化当中故意去创造出一个沙漠来包围自己，这种举动是比别的要更坏得多了。我们无法去丢热情，即使我们有这个决心；何尔巴哈[①]说得好，理智是教人这样拣择正当的热情，教育是教人们怎样把正当的热情种植培养在人心里面。观看裸体有一个精神上的价值，那可以教我们学会去欣赏我们没有占有着的东西，这个教训是一切良好的社会生活的重要预备训练：小孩子应当学到看见花，而不想去采它；男人应当学到看见着一个女人的美，而不想占有她。"我

[①] 何尔巴哈：今译作"霍尔巴赫"，法国18世纪启蒙思想家、哲学家。——编者注

们所说的天真常是躲在沙漠里，远隔人世的引诱这类的天真。经验陶冶后的天真是见花不采，看到美丽的女人，不动枕席之念的天真。

人世是这么百怪千奇，人命是这样他生未卜，这个千载一时的看世界机会实在不容错过，绝不可误解了天真意味，把好好的人儿囚禁起来，使他草草地过了一生，并没有尝到做人的意味，而且也不懂得天真的真意了。这种活埋的办法绝非上帝造人的本意，上帝是总有一天会跟这班刽子手算账的。我们还是别当刽子手好罢，何苦手上染着女人小孩子的血呢！

原载于1929年10月14日《语丝》第5卷第31期

泪与笑

梁遇春

匆匆过了二十多年,我自然也是常常哭,常常笑,别人的啼笑也看过无数回了。可是我生平不怕看见泪,自己的热泪也好,别人的呜咽也好;对于几种笑我却会惊心动魄,吓得连呼吸都不敢大声,这些怪异的笑声,有时还是我亲口发出的。当一位极亲密的朋友忽然说出一句冷酷无情冰一般的冷话来,而且他自己还不知道他说的会使人心寒,这时候我们只好哈哈哈莫名其妙地笑了。

因为若使不笑,叫我们怎么样好呢?我们这个强笑或者是出于看到他真正的性格(他这句冷语所显露的)和我们先前所认为的他的性格的矛盾,或者我们要勉强这么一笑来表示我们是不会给他的话所震动,我们自己另有一个超乎一切的生活，他的话是不能损坏我们于毫发的，或者……但是那时节我们只觉得不好不这么大笑一声，所以才笑，实在也没有闲暇去仔细分析自己了。当我们心里有说不出的苦痛缠着，正要向人细诉，那时我们平时尊敬的人却用个极无聊的理由（甚至于最卑鄙的）来解释我们这穿过心灵的悲哀，看到这深深一层的隔膜，我们除开无聊赖地破涕为笑，还有什么别的办法吗？有时候我们倒霉起来，整天从早到晚做的事没有一件不是失败的，到晚上疲累非常，懊恼万分，悔也不是，哭也不是，也只好咽下眼泪，空心地笑着。

我们一生忙碌，把不可再得的光阴消磨在马蹄铁轮，以及无谓敷衍之间，整天打算，可是自己不晓得为甚这么费心机，为了要活着用尽苦心来延长这生命，却又不觉得活着到底有何好处，自己并没有享受生活过，总之黑漆一团活着，夜阑人静，回头一想，那能够不吃吃地笑，笑时感到无限的生的悲哀。就说我们淡于生死了，对于现世界的厌烦同人事的憎恶还会像毒蛇般蜿蜒走到面前，缠着身上，我们真可说倦于一切，可惜我们也没有爱恋上死神，觉得也不值得花那么大劲去求死，在此不生不死心境里，只见伤感重重来袭，偶然挣些力气，来叹几口气，叹完气也免不了失笑，那笑是多么酸苦的。这几种笑声发自我们的口里，自己听到，心中生个不可言喻的恐怖，或者又引起另一个鬼似的狞笑。若使是由他人口里传出,只要我们探讨出他们的源泉,我们也会惺惺惜惺惺而心酸,同时害怕得全身打战。

此外失望人的傻笑,下头人挨了骂对于主子的赔笑,趾高气扬的热官对于贫贱故交的冷笑,老处女在他人结婚席上所呈的干笑,生离永别时节的苦笑——这些笑全是"自然"跟我们为难,把我们弄得没有办法,我们承认失败了的表现,是我们心灵的堡垒下面刺目的降幡。莎士比亚的妙句"对着悲哀微笑"(smiling at grief)说尽此中的苦况。拜伦在他的杰作 *Don Juan*(《唐璜》)里有二句:

> Of all tales'tis the saddest——and more sad,
> Because it makes us smile.

这两句是我愁闷无聊时所喜欢反复吟诵的,因为真能传出"笑"的悲剧的情调。

泪却是肯定人生的表示。因为生活是可留恋的,过去是春天的日子,所以才有伤逝的清泪。若使生活本身就不值得我们的一顾,我们那里会有惋惜的情怀呢?当一个中年妇人死了丈夫时候,她号啕地大哭,她想到她儿子这么早失丢了父亲,没有人指导，免不了伤心流泪，可是她隐隐地对于这个儿子有无穷的慈爱同希望。她的儿子又死了，她或者会一声不做地料理丧事，或者发疯狂笑起来，因为她已厌倦于人生，她微弱的心已经麻木死了。

我每回看到人们的流泪，不管是失恋的刺痛，或者丧亲的悲哀，我总觉人生真是值得一活的。眼泪真是人生的甘露。当我是小孩时候，常常觉得心里有说不出的难过，故意去臆造些伤心事情，想到有味时候，有时会不觉流下泪来，那时就感到说不出的快乐。现在却再寻不到这种无根的泪痕了。那个有心人不爱看悲剧，亚里士多德所说的净化的确不错。我们精神所纠结郁积的悲痛随着台上的凄惨情节发出来，哭泣之后我们有形容不出的快感，好似精神上吸到新鲜空气一样，我们的心灵忽然间呈非常健康的状态。Gogol（果戈理）的著作人们都说是笑里有泪，实在正是因为后面有看不到的泪，所以他的小说会那么诙谐百出，对于生活处处有回甘的快乐。

中国的诗词说高兴赏心的事总不大感人，谈愁语恨却是易工，也是由于那些怨词悲调是泪的结晶，有时会逗我们洒些同情的泪，所以亡国的李后主，感伤的李义山始终是我们爱读的作家。天下最爱哭的人莫过于怀春的少女同情海中翻身的青年，可是他们的生活是最有力，色彩最浓，最不虚过的生活。

人到老了，生活力渐渐消磨尽了，泪泉也干了，剩下的只是无可无不可那种将就木的心境和好像慈祥实在是生的疲劳所产生的微笑——我所怕的微笑。

十八世纪初期浪漫派诗人格雷在他的 *On a Distant Prospect of Eton College*（《远见依顿学院》）里说：

> 流下也就忘记了的泪珠，
> 那是照耀心胸的阳光。
> The tear forgot as soon as shed,
> The sunshine of the breast.

这些热泪只有青年才会有，它是同青春的幻梦同时消灭的，泪尽了，个个人心里都像苏东坡所说的"存亡惯见浑无泪"那样的冷淡了，坟墓的影已染着我们的残年。

选自《泪与笑》，开明书店 1934 年 6 月

现代青年的烦闷

傅雷

一九三二年十月二十八日《晨报·时代文艺》曾刊拙译《世纪病》一文,此次《学灯》编者又以一九三三年元旦特大号文字见嘱,我特地再用《世纪病》相类的题材,把若干现代西方青年的不安的精神状态做一番介绍,这并非要引起现代中国青年们的烦躁——这烦躁,不待我引起,也许他们已经感到——而是因为烦闷是文艺创造的源泉,由于它的反省和刺激内生活使其活跃的作用上,可以领导我们往深邃的意境中去寻求新天地。而且烦闷惟有在人类心魂觉醒的时候才能感到,在这数千年来为智(sagesse)的教训磨炼到近于麻痹的中国人精神上给他一个刺激,亦非无益之事。

阿那托·法郎士①曾言："只有一件可以使人类的思想感到诱惑便是烦闷。绝对不感到烦躁的心灵令我厌恶而且愤怒。"的确，在历史上，每个灿烂的文艺时代，总是由不安的分子鼓动激荡起来的！古典派和浪漫派一样，不过前者能够遏止烦闷，而后者被烦闷所征服罢了。在个人的体验上，心境的平和固然是我们大部分人类所渴望的乌托邦，但这种幸福只有睡在坟墓里叹了最后一口气时才能享受。而且，就令我们在生命中获得这绝对的平和（它的名字很多，如宁静，休息等等），我们反而要憎恨它；失掉了心的平和，我们又要一心一意的企念它：这是人类永远的悲剧。不独如此，人类的良知一朝认识了烦闷的真价值，还幽密地在烦闷中感到残酷的喜乐。

西方的医药上有一句谚语："世界上无所谓病，只有病人。"《世纪病》的作者乔治·勒公德把现代青年的骚乱归之于现代社会的和思想上的骚乱；这无异是"世界上无所谓烦闷，只有烦闷的人"的看法。固然，我们承认他有理。在一般所谓健全的，尤其是享受惯温和的幸福的人眼中，烦闷者是失掉了心灵的均衡的病人。然而要知道，烦闷的人是失掉了均衡，正

---

① 阿那托·法郎士：今译作"阿纳托尔·法朗士"，法国作家、文学评论家、社会活动家，1921年获诺贝尔文学奖，著有《金色诗篇》《波纳尔之罪》等。——编者注

在热烈地寻找新的均衡。他们的欲望无穷，奢念无穷，永远不能满足，如果有一般自命为烦闷者，突然会恢复他们的宁静，那是因为他们的烦闷，实在并不深刻，而是表面的，肤浅的。真正在苦闷中煎熬的人决不能以一种答案自满，他们要认识得更透彻，更多。他们怕找到真理，因为从此以后，他们不能再希望一个更高卓的真理。惟有"信仰"是盲目的，烦闷的人永远悲苦地睁大着眼睛。

每个人在他生命中限制自己。每个人把他要求解决的问题按照他自己的身份加以剪裁。这自然是聪明的办法。他们不愿多事徒劳无益的追求。实在，多少代的人类曾追求哲学，伦理美学等等的理想而一无所获！然而没有一个时代的人类因此而停止去追求。因为他们觉得世俗的所谓"稳定""宁静""平和"，只是"死"的变相的名称。"死"是西方人所最不能忍受的，他们极端执着"生"。

烦闷的现象是多方面的，又是随着每个人而变动的。从最粗浅的事情上说，每个人想起他的死，岂不是要打一个寒噤？听到人家叙述一个人受伤的情景而无动于衷是非人的行为。因为，本能地，人类会幻想处在同样的境地，受到同样的痛苦。同样，一个人在路上遇到出殡的行列，岂非要兔死狐悲的哀伤？一切的人类真是自私得可怜！这自然是人类烦闷的一种原因，心理病学家亦认为烦闷是一种感情的夸大，对于一种实在的或幻想的灾祸的反动，可是认烦闷是对于不测的事情的简单的恐怖，未免是肤浅的，不完全的观念。因此对于病态心理学造诣极深的作家，如保罗·布尔热（Paul Bourget）亦不承认心灵上的病，完全由生理上的病引起的。生命被威胁的突然的恐怖，在原始民族中，确是烦闷的惟一的原因。可是民族渐渐地长成以至老大，他的烦闷亦变得繁复，精微，在一般普通人的心目中也愈显得渺茫不可捉摸。在这个过程中，我们自然承认有若干病的影响存在着，但除了病态心理学家的物的解释以外，还有精神上的现象更富意味。

　　人类在初期的物质的恐怖以后，不久即易以形而上的恐怖。他们怕惧雷鸣，远在怕惧主宰雷鸣的上帝以前。原始时代的恐怖至此已变成烦闷，人类提出许多问题，如生和死的意义等。被这些无法解答的问题扰乱着，人类一方面不能获得宁息，一方面又不能度那丰富的追求生活，于是他祝祷遗忘一切。柏斯格说过："人类有一种秘密的本能，使他因为感到苦恼的无穷尽而到外界去寻觅消遣与事业；他另有一种秘密的本能，使他认识所谓幸福原在宁息而不在骚乱。这两种矛盾的本能，在人类心魂中形成一种渺茫的计划。想由骚动达到安息，而且自以为他得不到的满足会临到，如果他能够制胜他事业中的艰难,他便可直窥宁息的门户。"

这种烦闷的形而上的意义固是极有意味的,但它还不能整个地包括烦闷。烦闷,在人类的良心上还有反响——与形而上的完全独立的道德上的反响。例如责任观念便是烦闷的许多标识之一。假定一个作家在创作的时候,为使他的文章更为完满起见,不应该想到他的著作对于群众将发生若何影响的问题,然而一本书写完之后,要作家不顾虑到他的书将来对于读者的影响是件不可能的事。

原载于1933年1月1日《时事新报》

沉　默

朱自清

沉默是一种处世哲学，用得好时，又是一种艺术。

谁都知道口是用来吃饭的，有人却说是用来接吻的。我说满没有错儿；但是若统计起来，口的最多的（也许不是最大的）用处，还应该是说话，我相信。按照时下流行的议论，说话大约也算是一种"宣传"，自我的宣传。所以说话彻头彻尾是为自己的事。若有人一口咬定是为别人，凭了种种神圣的名字；我却也愿意让步，请许我这样说：说话有时的确只是间接地为自己，而直接的算是为别人！

自己以外有别人，所以要说话；别人也有别人的自己，所以又要少说话或不说话。于是乎我们要懂得沉默。你若念过鲁迅先生的《祝福》，一定会立刻明白我的意思。

一般人见生人时，大抵会沉默的，但也有不少例外。常在火车轮船里，看见有些人迫不及待似的到处向人问讯，攀谈，无论那是搭客或茶房，我只有羡慕这些人的健康；因为在中国这样旅行中，竟会不感觉一点儿疲倦！见生人的沉默，大约由于原始的恐惧，但是似乎也还有别的。假如这个生人的名字，你全然不熟悉，你所能做的工作，自然只是有意或无意的防御——像防御一个敌人。沉默便是最安全的防御战略。你不一定要他知道你，更不想让他发现你的可笑的地方——一个人总有些可笑的地方不是？——你只让他尽量说他所要说的，若他是个爱说的人。末了你恭恭敬敬和他分别。假如这个生人，你愿意和他做朋友，你也还是得沉默。但是得留心听他的话，选出几处，加以简短的，相当的赞词；至少也得表示相当的同意。这就是知己的开场，或说起码的知己也可。假如这个人是你所敬仰的或未必敬仰的"大人物"，你记住，更不可不沉默！大人物的言语，乃至脸色眼光，都有异样的地方；你最好远远地坐着，让那些勇敢的同伴上前线去。——自然，我说的只是你偶然地遇着或随众访问大人物的时候。若你愿意专诚拜谒，你得另想办法；在我，那却是一件可怕的事。——你看看大人物与非大人物或大人物与大人物间谈话的情形，准可以满足，而不用从牙缝里进出一个字。说话是一件费神的事，能少说或不说以及应少说或不说的时候，沉默实在是长寿之一道。至于自我宣传，诚哉重要——谁能不承认这是重要呢？——但对于生人，这是白费的；他不会领略你宣传的旨趣，只暗笑你的宣传热；他会忘记得干干净净，在和你一鞠躬或一握手以后。

朋友和生人不同，就在他们能听也肯听你的说话——宣传。这不用说是交换的，但是就是交换的也好。他们在不同的程度下了解你，谅解你；他们对于你有了相当的趣味和礼貌。你的话满足他们的好奇心，他们就趣味地听着；你的话严重或悲哀，他们因为礼貌的缘故，也能暂时跟着你严重或悲哀。在后一种情形里，满足的是你；他们所真感到的怕倒是矜持的气氛。他们知道"应该"怎样做；这其实是一种牺牲，"应该"也"值得"感谢的。但是即使在知己的朋友面前，你的话也还不应该说得太多；同样的故事，情感，和警句，隽语，也不宜重复的说。《祝福》就是一个好榜样。你应该相当的节制自己，不可妄想你的话占领朋友们整个的心——你自己的心，也不会让别人完全占领呀。你更应该知道怎样藏匿你自己。只有不可知，不可得的，才有人去追求；你若将所有的尽给了别人，你对于别人，对于世界，将没有丝毫意义，正和医学生实习解剖时用过的尸体一样。那时是不可思议的孤独，你将不能支持自己，而倾仆到无底的黑暗里去。一个情人常喜欢说："我愿意将所有的都献给你！"谁真知道他或她所有的是些什么呢？第一个说这句话的人，只是表示自己的慷慨，至多也只是表示一种理想；以后跟着说的，更只是"口头禅"而已。所以朋友间，甚至恋人间，沉默还是不可少的。你的话应该像黑夜的星星，不应该像除夕的爆竹——谁稀罕那彻宵的爆竹呢？而沉默有时更有诗意。譬如在下午，在黄昏，在深夜，在大而静的屋子里，短时的沉默，也许远胜于连续不断的倦怠了的谈话。有人称这种境界为"无言之美"，你瞧，多漂亮的名字！——至于所谓"拈花微笑"，那更了不起了！

可是沉默也有不行的时候。人多时你容易沉默下去，一主一客时，就不准行。你的过分沉默，也许把你的生客惹恼了，赶跑了！倘使你愿意赶他，当然很好；倘使你不愿意呢，你就得不时的让他喝茶，抽烟，看画片，读报，听话匣子，偶然也和他谈谈天气，时局——只是复述报纸的记载，加上几个不能解决的疑问——总以引他说话为度。于是你点点头，哼哼鼻子，时而叹叹气，听着。他说完了，你再给起个头，照样的听着。但是我的朋友遇见过一个生客，他是一位准大人物，因某种礼貌关系去看我的朋友。他坐下时，将两手笼起，搁在桌上。说了几句话，就止住了，两眼炯炯地直看着我的朋友。我的朋友窘极，好容易陆陆续续地找出一句半句话来敷衍。这自然也是沉默的一种用法，是上司对属僚保持威严用的。用在一般交际里，未免太露骨了；而在上述的情形中，不为主人留一些余地，更属无礼。大人物以及准大人物之可怕，正在此等处。至于应付的方法，其实倒也有，那还是沉默；只消照样笼了手，和他对看起来，他大约也就无可奈何了罢？

原载于 1932 年 11 月 7 日《清华周刊》第 38 卷第 6 期

孤独的生活

萧红

蓝色的电灯,好像通夜也没有关,所以我醒来一次看看墙壁是发蓝的,再醒来一次,也是发蓝的。天明之前,我听到蚊虫在帐子外面嗡嗡嗡嗡的叫着,我想,我该起来了,蚊虫都吵得这样热闹了。

收拾了房间之后,想要作点什么事情。这点日本与我们中国不同,街上虽然已经响着木屐的声音,但家屋仍和睡着一般的安静。我拿起笔来,想要写点什么,在未写之前必得要先想,可是这一想,就把所想的忘了!

为什么这样静呢?我反倒对着这安静不安起来。

于是出去,在街上走走,这街也不和我们中国的一样,也是太静了,也好像正在睡觉似的。

于是又回到了房间,我仍要想我所想的:在席子上面走着,吃一根香烟,喝一杯冷水,觉得已经差不多了,坐下来吧!写吧!

刚刚坐下来,太阳又照满了我的桌子。又把桌子换了位置,放在墙角去,墙角又没有风,所以满头流汗了。

再站起来走走,觉得所要写的,越想越不应该写,好,再另计划别的。

好像疲乏了似的,就在席子上面躺下来,偏偏帘子上有一个蜂子飞来,怕它刺着我,起来把它打跑了。刚一躺下,树上又有一个蝉开头叫起。蝉叫倒也不算奇怪,但只一个,听来那声音就特别大,我把头从窗子伸出去,想看看,到底是在那一棵树上?可是邻人拍手的声音,比蝉声更大,他们在笑了。我是在看蝉,他们一定以为我是在看他们。

于是穿起衣裳来,去吃中饭。经过华的门前,她们不在家,两双拖鞋摆在木箱上面。她们的女房东,向我说了一些什么,我一个字也不懂,大概也就是说她们不在家的意思。日本食堂之类,自己不敢去,怕人看成个阿墨林①。所以去的是中国饭

---

① 阿墨林:即"阿木林",上海方言,意为傻瓜、呆子。——编者注

馆，一进门那个戴白帽子的就说：

"伊拉瞎伊麻丝……"

这我倒懂得，就是"来啦"的意思。既然坐下之后，他仍说的是日本话，于是我跑到厨房去，对厨子说了：要吃什么，要吃什么。

回来又到华的门前看看，还没有回来，两双拖鞋仍摆在木箱上。她们的房东又不知向我说了些什么！

晚饭时候，我没有去寻她们，出去买了东西回到家里来吃，照例买的面包和火腿。

吃了这些东西之后，着实是寂寞了。外面打着雷，天阴得混混沉沉的了。想要出去走走，又怕下雨，不然，又是比日里还要长的夜，又把我留在房间里了。终于拿了雨衣，走出去了，想要逛逛夜市，也怕下雨，还是去看华吧！一边带着失望一边向前走着，结果，她们仍是没有回来，仍是看到了两双拖鞋，仍是听到了那房东说了些我所不懂的话语。

假若，再有别的朋友或熟人，就是冒着雨，我也要去找他们，但实际是没有的。只好照着原路又走回来了。

现在是下着雨，桌子上面的书，除掉《水浒》之外，还有一本胡风译的《山灵》。《水浒》我连翻也不想翻，至于《山灵》，就是抱着我这一种心情来读，有意义的书也读坏了。

雨一停下来，穿着街灯的树叶好像萤火似的发光，过了一些时候，我再看树叶时那就完全漆黑了。

雨又开始了，但我的周围仍是静的，关起了窗子，只听到屋瓦滴滴的响着。

我放下了帐子，打开蓝色的电灯，并不是准备睡觉，是准备看书了。

读完了《山灵》上《声》的那篇，雨不知道已经停了多久了？那已经哑了的权龙八，他对他自己的不幸，并不正面去惋惜，他正为着铲除这种不幸才来干这样的事情的。

已经哑了的丈夫，他的妻来接见他的时候，他只把手放在嘴唇前面摆来摆去，接着他的脸就红了，当他红脸的时候，我不晓得那是什么心情激动了他？还有，他在监房里读着速成国语读本的时候，他的伙伴都想要说："你话都不会说，还学日文干什么！"

在他读的时候，他只是听到像是蒸气从喉咙漏出来的一样。恐怖立刻浸着了他，他慌忙的按了监房里的报知机，等他把人喊了来，他又不说什么，只是在嘴的前面摇着手。所以看守骂他："为什么什么也不说呢？混蛋！"

医生说他是"声带破裂",他才晓得自己一生也不会说话了。

我感到了蓝色灯光的不足,于是开了那只白灯泡,准备再把《山灵》读下去。我的四面虽然更静了,等到我把自己也忘掉了时,好像我的周围也动荡了起来。

天还未明,我又读了三篇。

原载于1936年9月5日《中流》创刊号

又是一年芳草绿

老舍

悲观有一样好处,它能叫人把事情都看轻了一些。这个可也就是我的坏处,它不起劲,不积极。您看我挺爱笑不是?因为我悲观。悲观,所以我不能板起面孔,大喊:"孤——刘备!"我不能这样。一想到这样,我就要把自己笑毛咕了。看着别人吹胡子瞪眼睛,我从脊梁沟上发麻,非笑不可。我笑别人,因为我看不起自己。别人笑我,我觉得应该;说得天好,我不过是脸上平润一点的猴子。我笑别人,往往招人不愿意;不是别人的量小,而是不像我这样稀松,这样悲观。

我打不起精神去积极的干,这是我的大毛病。可是我不懒,凡是我该作的我总想把它作了,总算得点报酬养活自己与家里的人——往好了说,尽我的本分。我的悲观还没到想自杀的程度，不能不找点事作。有朝一日非死不可呢，那只好死喽，我有什么法儿呢？

这样，你瞧，我是无大志的人。我不想当皇上。最乐观的人才敢作皇上，我没这份胆气。

有人说我很幽默，不敢当。我不懂什么是幽默。假如一定问我，我只能说我觉得自己可笑，别人也可笑；我不比别人高，别人也不比我高。谁都有缺欠，谁都有可笑的地方。我跟谁都说得来，可是他得愿意跟我说；他一定说他是圣人，叫我三跪九叩报门而进，我没这个瘾。我不教训别人，也不听别人的教训。幽默，据我这么想，不是嬉皮笑脸，死不要鼻子。

也不是怎股子劲儿，我成了个写家。我的朋友德成粮店的写账先生也是写家，我跟他同等，并且管他叫二哥。既是个写家，当然得写了。"风格即人"——还是"风格即驴"？——我是怎个人自然写怎样的文章了。于是有人管我叫幽默的写家。我不以这为荣，也不以这为辱。我写我的。卖得出去呢，多得个三块五块的，买什么吃不香呢。卖不出去呢，拉倒，我早知道指着写文章吃饭是不易的事。

稿子寄出去，有时候是肉包子打狗，一去不回头；连个回信也没有。这，咱只好幽默；多咱见着那个骗子再说，见着他，大概我们俩总有一个笑着去见阎王的。不过，这是不很多见的，要不怎么我还没想自杀呢。常见的事是这个，稿子登出去，酬金就睡着了，睡得还是挺香甜。直到我也睡着了，它忽然来了，仿佛故意吓人玩。数目也惊人，它能使我觉得自己不过值一毛五一斤，比猪肉还便宜呢。这个咱也不说什么，国难期间，大家都得受点苦，人家开铺子的也不容易，掌柜的吃肉，给咱点汤喝，就得念佛。是的，我是不能当皇上，焚书坑掌柜的，咱没那个狠心，你看这个劲儿！不过，有人想坑他们呢，我也不便拦着。

这么一来，可就有许多人看不起我。连好朋友都说："伙计，你也硬正着点，说你是为人类而写作，说你是中国的高尔基；你太泄气了！"真的，我是泄气，我看高尔基的胡子可笑。他老人家那股子自卖自夸的劲儿，打死我也学不来。人类要等着我写文章才变体面了，那恐怕太晚了吧？我老觉得文学是有用的；拉长了说，它比任何东西都有用，都高明。可是往眼前说，它不如一尊高射炮，或一锅饭有用。我不能吆喝我的作品是"人类改造丸"，我也不相信把文学杀死便天下太平。我写就是了。

别人的批评呢？批评是有益处的。我爱批评，它多少给我点益处；即使完全不对，不是还让我笑一笑吗？自己写的时候仿佛是蒸馒头呢，热气腾腾，莫名其妙。及至冷眼人一看，一定看出许多错儿来。我感谢这种指摘。说的不对呢,那是他的错儿,不干我的事。我永不驳辩,这似乎是胆儿小;可是也许是我的宽宏大量。我不便往自己脸上贴金。一件事总得由两面瞧,是不是?

对于我自己的作品,我不拿她们当作宝贝。是呀,当写作的时候,我是卖了力气,我想往好了写。可是一个人的天才与经验是有限的,谁也不敢保了老写的好,连荷马也有打盹的时候。有的人呢,每一拿笔便想到自己是但丁,是莎士比亚。这没有什么不可以的,天才须有自信的心。我可不敢这样,我的悲观使我看轻自己。我常想客观的估量估量自己的才力;这不易作到,我究竟不能像别人看我看得那样清楚;好吧,既不能十分看清楚了自己,也就不用装蒜,谦虚是必要的,可是装蒜也大可以不必。

对作人,我也是这样。我不希望自己是个完人,也不故意的招人家的骂。该求朋友的呢,就求;该给朋友作的呢,就作。作的好不好,咱们大家凭良心。所以我很和气,见着谁都能扯一套。可是,初次见面的人,我可是不大爱说话;特别是见着女人,我简直张不开口,我怕说错了话。在家里,我倒不十分怕太太,可是对别的女人老觉着恐慌,我不大明白妇女的心理;要是信口开河的说,我不定说出什么来呢,而妇女又爱挑眼。男人也有许多爱挑眼的,所以初次见面,我不大愿开口。我最喜辩论,因为红着脖子粗着筋的太不幽默。我最不喜欢好吹腾的人,可并不拒绝与这样的人谈话;我不爱这样的人,但喜欢听他的吹。最好是听着他吹,吹着吹着连他自己也忘了吹到什么地方去,那才有趣。

可喜的是有好几位生朋友都这么说:"没见着阁下的时候,总以为阁下有八十多岁了。敢情阁下并不老。"是的,虽然将奔四十的人,我倒还不老。因为对事轻淡,我心中不大藏着计划,作事也无须耍手段,所以我能笑,爱笑;天真的笑多少显着年轻一些。我悲观,但是不愿老声老气的悲观,那近乎"虎事"。我愿意老年轻轻的,死的时候像朵春花将残似的那样哀而不伤。我就怕什么"权威"咧,"大家"咧,"大师"咧,等等老气横秋的字眼们。我爱小孩,花草,小猫,小狗,小鱼;这些都不"虎事"。偶尔看见个穿小马褂的"小大人",我能难受半天,特别是那种所谓聪明的孩子,让我难过。比如说,一群小孩都在那儿看变戏法儿,我也在那儿,单会有那么一两个七八岁的小老头说:"这都是假的!"这叫我立刻走开,心里堵上一大块。世界确是更"文明"了,小孩也懂事懂得早了,可是我还愿意大家傻一点,特别是小孩。假若小猫刚生下来就会捕鼠,我就不再养猫,虽然它也许是个神猫。

我不大爱说自己，这多少近乎"吹"。人是不容易看清楚自己的。不过，刚过完了年，心中还慌着，叫我写"人生于世"，实在写不出，所以就近的拿自己当材料。万一将来我不得已而作了皇上呢，这篇东西也许成为史料，等着瞧吧。

原载于1935年3月6日《益世报》

给一个忧郁的孩子

靳以

……窗外喧嚣的水声一直也不曾休止过,我知道那是发自那条小小的溪流;可是来到这个陌生的所在,我都还不知道它是流向哪一方。夜雨在屋瓦上和檐前响着,潮湿的空气从板壁的隙缝中钻进来,摇曳的烛光被挤得小了,仿佛我又看见你那美丽忧郁的脸,那紧锁着的眉尖……我才要说了,可是一切又都倏地消逝,使我意识到这里只有我自己的存在,秋风秋雨陪伴着我,却更使我寂寞。

告诉你,寂寞已经不能给我些微的伤害,我会沉默,我体味到无言之美;可是我很坚强,像路边的一方沉默的立石。多少人从我的身边滚过去,多少事萦绕着我;既不能使我摇动,更不能使我倒下,我还是孤独地固执地守在那里。

是的，你懂得沉默，你也善于处理孤独，可是，我的孩子，什么事使你的两眉中间皱起来像一座小山？当我在你面前的时候，我会用手为你抚摸，使它舒展开，我知道那时你会笑了，那么天真地笑着，正像一个孩子，山平下去了，在眼角里会闪出两点晶莹的光，是含着泪的微笑呵，还是微笑里的眼泪呢？我不问询，若是问到你的时候，也许你要爽性把脸埋到两只手掌里吧？

我知道你有坚毅的性格，别人早就告诉我了，说你们被丢在那个笼子里，才只两三天，那个坚壮的汉子就哭了；可是你只是咬着自己的嘴唇坐在那里，你守着静默，没有一丝恐惧和屈服的心，我知道你的泪不是为那些事而流的，我更看见过你，当不快抓住你，你就一个人坐到那长着叶子的大树下，我记得你说过你喜欢它，说它像生在海底的珊瑚，你顺了那条蜿蜒的公路望向远处，望到天边，天边却被树和云遮断了。你那么专心地望着，甚至于听不见已经站到你身后的我的脚步，我也看过去，——那却是一无所有。忽然在我的眼前显出来急遽间你那还没有改变过来的愠怒的脸，我觉察到你的脸向着我了。那么我也显在你的眼前，你就微惊地叫着：

"呵呵，想不到，你怎么站到我的身后了？"

是的，我也想不到啊——你就勉强地笑着，可是躺在你两眉的那座小山，兀自躺在那里。

"又有什么不如心的事了么？"

"唔唔，也许是罢！……也许不是罢？"

这可怎么办呢？连你自己也不能确定了呵，可是我仍然分明地看到那座小山躺在那里，于是我就不得不伸出我的手，使它平下去。

是的，我说你是一个智慧的孩子，你能了解到人的心的深处；可是为什么心不能了解你自己呢？你，一个二十岁的人，正是该享受你美满的青春，宇宙都应该匍匐在你的脚下。童稚的过去固然引不起你的兴趣，可是你丰富的生命，和那无限的对于将来的幻想，都该像你的年龄一样，蓬勃在你的胸间，世界原是你们的，你们原该能尽情地享受，没有一种力量能和你们的力量相抗，没有一颗心比得上你们的那样热烈，坚强。可是你，显然地被忧郁的虫咬住了，它不放松，你的眉皱着，人也一天天地瘦损了。

是的，每次我看到你瘦长的身子便觉得心里十分难过，销蚀的应该是我们而不是你们。我们是一些人生旅途上的老马，千万里的路程在脚下过去了，看得多了，却说不出来，背负的重载和心的重载都不知道在哪一天就把我们压倒了，我深切地知道，我们一倒下来就不复站得起，因为即使好心人把压在身上的取下去，可是压在心上的却无法取去的。

夕阳中，你独立在山头，微风扬起了你的长发，你那纤弱的身体因了你只用脚尖着地就显得更高更瘦，而抹在你身后的是一片火一般的云彩，我为这幻象所欺，以为你真是被烧着，就迅急地跑了上去，想把你从那劫焰之中拯救出来，待我跑到上面，已经一无所有，只是你那双显得有一点张皇的眼睛在迎着我，我还说什么呢？风在树梢上低低说了，细流在溪涧絮絮地说了，我还说些什么呢？

你说："你赶到上面来了。"

我说："是的，因为我看见你——"

"你说我忧郁么？过于忧郁么？"

我只点点头回答我的话。

"可是我知道，你也忧郁的！"

好像我被人窥见了隐秘似的，不得不逃避般地，拔脚跑开了，我头也不回，气也不喘地一直跑了六十里路的山和水，我驻足在这个陌生的所在；于是当我看见你忧郁的面容再显现出来的时候，我就大声地向你叫喊。

"孩子，你听多了山风的细语，流水的潺潺，它们不能告诉你些什么，只使你的忧郁加深，我告诉你，这世界是你的，宇宙该在你的面前俯首，你正该好好享受你的青春，时代是你们的……"

你听见了么，当我这样喊叫的时候？

仿佛我又看到你的笑脸在我的面前涌现，你告诉我你高兴了，你时时想笑，比那一天我们的出游还高兴，你说你们又踏着你独自的足迹遨游，笑永远随着你们，你也像朝我大声喊着：

"别人的话是对的，可是我们否认我们是痛苦的，纯真的情感不受任何力量的支配也不受任何的影响，若是说无形中真要是有所谓命运主宰着人生，我们也要奋力地打破它；你相信我的话么？"

我相信你，孩子，只要你能移去你眉间的那座小山，我就知道你的力量了。

窗外泼剌一声，怕是一尾不耐的鱼的跃动吧？雨已经停歇了，寒冷却更甚，原来夜，夜是更深了，遥远的路程，也许使你们没有法子听到我低微的祝福吧？

选自《红烛》，文化生活出版社 1942 年 8 月

青年人的苦闷[1]

胡适

今年六月二日早晨,一个北京大学一年级学生,在悲观与烦闷之中,写了一封很沉痛的信给我。这封信使我很感动,所以我在那个六月二日的半夜后写了一封一千多字的信回答他。

我觉得这个青年学生诉说他的苦闷不仅是他一个人感受的苦闷,他要解答的问题也不仅是他一个人要问的问题。今日无数青年都感觉大同小异的苦痛与烦闷,我们必须充分了解这件绝不容讳饰的事实,我们必须帮助青年人解答他们渴望解答的问题。

这个北大一年级学生来信里有这一段话:

---

[1] 本文原为复北大机械系一年级学生邓世华的信。——编者注

生自小学毕业到中学，过了八年沦陷生活，苦闷万分，夜中偷听后方消息，日夜企盼祖国胜利，在深夜时暗自流泪，自恨不能为祖国做事。对蒋主席之崇拜，无法形容。但胜利后，我们接收大员及政府所表现的，实在太不像话。……生从沦陷起对政府所怀各种希望完全变成失望，且曾一度悲观到萌自杀的念头。……自四月下旬物价暴涨，同时内战更打得起劲。生亲眼见到同胞受饥饿而自杀，以及内战的惨酷，联想到祖国的今后前途，不禁悲从中来，原因是生受过敌人压迫，实再怕作第二次亡国奴！……我伤心，我悲哀，同时绝望——

在绝望的最后几分钟，问您几个问题。

他问了我七个问题，我现在挑出这三个：

一、国家是否有救？救的方法为何？

二、国家前途是否绝望？若有，希望在那里？请具体示知。

三、青年人将苦闷死了，如何发泄？

以上我摘抄这个青年朋友的话,以下是我答复他的话的大致,加上后来我自己修改引申的话。这都是我心里要对一切苦闷青年说的老实话。

我们今日所受的苦痛,都是我们这个民族努力不够的当然结果。我们事事不如人:科学不如人,工业生产不如人,教育不如人,知识水准不如人,社会政治组织不如人;所以我们经过了八年的苦战,大破坏之后,恢复很不容易。人家送兵船给我们,我们没有技术人才去驾驶。人家送工厂给我们,——如胜利之后敌人留下了多少大工厂,——而我们没有技术人才去接收使用,继续生产,所以许多烟囱不冒烟了,机器上了锈,无数老百姓失业了!

青年人的苦闷失望——其实岂但青年人苦闷失望吗?——最大原因都是因为我们前几年太乐观了,大家都梦想"天亮",都梦想一旦天亮之后就会"天朗气清,惠风和畅",有好日子过了!

这种过度的乐观是今日一切苦闷悲观的主要心理因素。大家在那"夜中偷听后方消息,日夜企盼祖国胜利"的心境里,当然不会想到战争是比较容易的事,而和平善后是最困难的事。在胜利的初期,国家的地位忽然抬高了,从一个垂亡的国家一跳就成了世界上第四强国了!大家在那狂喜的心境里,更不肯去想想坐稳那世界第四把交椅是多大的困难的事业。天下那有科学落后，工业生产落后，政治经济社会组织事事落后的国家可以坐享世界第四强国的福分！

试看世界的几个先进国家，战胜之后，至今都还不能享受和平的清福，都还免不了饥饿的恐慌。美国是唯一的例外。前年十一月我到英国，住在伦敦第一等旅馆里，整整三个星期，没有看见一个鸡蛋！我到英国公教人员家去，很少人家有一盒火柴，却只用小木片向炉上点火供客。大多数人的衣服都是旧的补绽的。试想英国在三十年前多么威风！在第二次大战之中，英国人一面咬牙苦战，一面都明白战胜之后英国的殖民地必须丢去一大半，英国必须降为二等大国，英国人民必须吃大苦痛。但英国人的知识水准高，大家绝不悲观，都能明白战后恢复工作的巨大与艰难，必须靠大家束紧裤带，挺起脊梁，埋头苦干。

我们中国今日无数人的苦闷悲观，都由于当年期望太奢而努力不够。我们在今日必须深刻的了解：和平善后要比八年抗战[①]困难得多多。大战时须要吃苦努力，胜利之后更要吃苦努力，才可以希望在十年二十年之中做到一点复兴的成绩。

---

① 此处指从1937年全国性抗日开始到1945年日本投降的八年。
——编者注

国家当然有救，国家的前途当然不绝望。这一次日本的全面侵略，中国确有亡国的危险。我们居然得救了。现存的几个强国，除了一个国家还不能使我们完全放心之外，都绝对没有侵略我们的企图。我们的将来全靠我们自己今后如何努力。

正因为我们今日的种种苦痛都是从前努力不够的结果，所以我们将来的恢复与兴盛决没有捷径，只有努力工作一条窄路，一点一滴的努力，一寸一尺的改善。

悲观是不能救国的，呐喊是不能救国的，口号标语是不能救国的，责人而自己不努力是不能救国的。

我在二十多年前最爱引易卜生对他的青年朋友说的一句话："你要想有益于社会，最好的法子莫如把自己这块材料铸造成器。"我现在还要把这句话赠送给一切悲观苦闷的青年朋友。社会国家需要你们作最大的努力，所以你们必须先把自己这块材料铸造成有用的东西，方才有资格为社会国家努力。

今年四月十六日，美国南加罗林那州①的州议会举行了一个很隆重的典礼，悬挂本州最有名的公民巴鲁克（Bernard M. Baruch）的画像在州议会的壁上，请巴鲁克先生自己来演说。

---

① 南加罗林那州：今译作"南卡罗来纳州"，是美国东南部七州中的一个州，主要城市有哥伦比亚、查尔斯顿等。——编者注

巴鲁克先生今年七十七岁了,是个犹太种的美国大名人。当第一次世界大战时,威尔逊总统的国防顾问,是原料委员会的主人,后来专管战时工业原料。巴黎和会时,他是威尔逊的经济顾问。当第二次世界大战时,他是战时动员总署的专家顾问,是罗斯福总统特派的人造橡皮研究委员会的主任。战争结束后,他是总统特任的原子能管理委员会的主席。他是两次世界大战都曾出大力有大功的一个公民。

这一天,这位七十七岁的巴鲁克先生起来答谢他的故乡同胞对他的好意,他的演说辞是广播全国对全国人民说的。他的演说,从头至尾,只有一句话:美国人民必须努力工作,必须为和平努力工作,必须比战时更努力工作。

巴鲁克先生说:"现在许多人说借款给人可以拯救世界,这是一个最大的错觉。只有人们大家努力做工可以使世界复兴,如果我们美国愿意担负起保存文化的使命,我们必须作更大的努力,比我们四年苦战还更大的努力。我们必须准备出大汗,努力搏节,努力制造世界人类需要的东西,使人们有面包吃,有衣服穿,有房子住,有教育,有精神上的享受,有娱乐。"

他说:"工作是把苦闷变成快乐的炼丹仙人。"他又说:美国工人现在的工作时间太短了,不够应付世界的需要。他主张:如果不能回到每周六天,每天八小时的工作时间,至少要大家同心做到每周四十四小时的工作；不罢工，不停顿，才可以做出震惊全世界的工作成绩来。

巴鲁克先生最后说："我们必须认清：今天我们正在四面包围拢来的通货膨胀的危崖上，只有一条生路，那就是工作。我们生产越多，生活费用就越减低；我们能购买的货物也就越加多，我们的剩余力量（物质的，经济的，精神的）也就越容易积聚。"

我引巴鲁克先生的演说，要我们知道，美国在这极强盛极光荣的时候，他们远见的领袖还这样力劝全国人民努力工作。"工作是把苦闷变成快乐的炼丹仙人。"我们中国青年不应该想想这句话吗？

原载于北京大学出版部1948年4月《独立时论》第1集

寂　寞

陆蠡

当一个人独处的时候，当他孑身作长途旅行的时候，当幸福和欢乐给他一个巧妙的嘲弄，当年和月压弯了他的脊背，使他不得不躲在被遗忘的角落，度厌倦的朝暮，那时人们会体贴到一个特殊的伴侣——寂寞。

寂寞如良师，如益友，它在你失望的时候来安慰你，在你孤独的时候来陪伴你。但人们却不喜爱寂寞。如苦口的良友，人们疏离它，回避它，躲闪它。终于有一天人们会想念它，寻觅它，亲近它，甚至不愿离开它。

愿意听我说我是怎样和寂寞相习的么？

幼小的时候，我有着无知的疯狂。我追逐快乐，像猎人追赶一只美丽的小鹿。这是敏捷的东西，在获不到它的时候它的影子是一种诱惑和试探。我要得到它，我追赶。它跑在我的面前。我追得愈紧，它跑得愈快。我越过许多障碍和困难，如同猎人越过丘山和林地，最后，在失望的草原上失去了它。一如空手回来的猎人，我空手回来，拖着一身的疲倦。我怅惘，我懊丧，我失去了勇气，我觉得乏力。为了这得不到的快乐我是恹恹欲病了，这时候有一个声音拂过我的耳际，像是一种安慰：

"我在这里招待你，当你空手回来的时候。"

"你是谁？"

"寂寞。"

"我还有余勇追赶另一只快乐呢？"我倔强地回答。

我可是没有追赶新的快乐。为了打发我的时间，我埋头在一些回忆上面。如同植物标本的采集者，把无名的花朵采集起来，把它压干，保存在几张薄纸中间，我采撷往事的花朵，把它保存在记忆里面。"回忆中的生活是愉快的。"我说，"我有旧的回忆代替新的快乐。"不幸，当我认真去回忆，这些回忆又都是些不可捉摸的东西。犹如水面的波纹，一漾即灭。又如镜里的花影，待你伸手去捡拾，它的影子便被遮断消失，而你只有一只空手接触在冰冷的玻璃面上。我又失败了。"没有记忆的日子，像一本没有故事的书！"我感到空虚，是近乎一种失望。于是复有一个关切的声音向我嘤然细语：

"我在这里陪伴你，当你失去回忆的时候。"

"谁的声音？"我心中起了感谢。

"寂寞。"

我没有接近它，因为我另有念头。

我有另一个念头。我不再追赶快乐，不再搜寻记忆，我想捞获些别的人世的东西。像一个劳拙的蜘蛛，在昏晓中织起捕虫的网，我也织网了。我用感情的黏丝，织成了一个友谊的网，用来捞捉一点人世的温存。想不到给我捞住的却是意外的冷落。无由的风雨复吹破了我的经营，教我无从补缀。像风雨中的蜘蛛，我蜷伏在灰心的檐下，望着被毁的一番心机，味到一种悲凉，这又是空劳了，我和我的网！

"请接受我的安慰罢，在你空劳之后。"

这是寂寞的声音。

我仍然有几分傲岸，我没有接受它的好意。

岁月使我的年龄和责任同时长大，我长大了去四方奔走，为要寻找黄金和幸福。不，我是寻找自由和职业。我离开温暖的屋顶下，去暴露在道途上。我在路上度过许多寒暑。我孤单地登上旅途,孤单地行路,孤单地栖迟,没有一个人作伴。世上,尽有的是行人,同路的却这般稀少!夏之晨,冬之夕,我受等待和焦盼的煎熬。我希望能有人陪伴我,和我抵掌长谈,把我的劳神和辛苦告诉他;把我的希望和志愿告诉他,让我听取他的意见,他的批评……但是无人陪伴我,于是,寂寞又来接近我说:

"请接受我的陪伴。"

如同欢迎一个老友,我伸手给它,我开始和寂寞相习了。

我和寂寞相安了。沉浮的人世中我有时也会疏离寂寞。寂寞却永远陪伴我,守护我,我不自知。几天前,我走进一间房间。这房里曾住着我的友人。我是习惯了顺手推进去的,当时并未加以注意。进去后我才意识到友人刚才离开。友人离开了,没留下辞别的话却留下一地乱纸。恍如撕碎了的记忆,这好像是情感的毁伤。我怃然望着这堆乱纸,望着裸露的卸去装饰的墙壁,和灰尘开始积集的几凳,以及肩闭着的窗户。我有着一种奇怪的企待,我心盼会有人来敲这门,叩这窗户。我希望能够听见一个剥啄的声音。忘了一句话,忘了一件东西,回来了,我将是如何喜悦!我屏息谛听,我听见自己呼吸的声音和心脏的跳动。室内外仍是一片沉寂。过度的注意使我的神经松弛无力,我坐下来,头靠在手上,"不会来了,不会来了",

我自言自语着。

"不要忘记我。"一个低沉难辨的声音。

我握上门柄,心里有一种紧张。

"我是寂寞,让我来代替离去的友人。"

"别人都离开而你来了。愿你永远陪伴我!"

啊!情感是易变的,背信的,寂寞是忠诚的,不渝的。和寂寞相处的时候,我心地是多么坦白,光明!寂寞如一枚镜,在它的面前可以照见我自己,发现我自己。我可以在寂寞的围护中和自己对语,和另一个"我"对语,那真正的独白。

如今我不想离开它,我需要它作伴。我不是憎世者,一点点自私和矜持使我和寂寞接近。当我在酣热的场中,听到欢乐的乐曲,我有点多余的感伤,往往曲未终前便想离开,去寻找寂寞。音乐是银的,无声的音乐是金的。寂寞是无声的音乐。

寂寞是怎模样?我好像能够看到它,触摸到它,听见它。它好像没有光波的颜色,没有热的温度,和没有声浪的声音。它接近你,包围你,如水之包围鱼,使你的灵魂得在它的氛围中游泳,安息。

选自《囚绿记》,文化生活出版社 1940 年 8 月

第五章

人这一辈子

刹　那

朱自清

我所谓"刹那",指"极短的现在"而言。

在这个题目下面,我想略略说明我对于人生的态度。现在人说到人生,总要谈它的意义和价值;我觉得这种"谈"是没有意义与价值的。且看古今多少哲人,他们对于人生,都曾试作解人,议论纷纷,莫衷一是;他们"各思以其道易天下",但是谁肯真个信从呢?——他们只有自慰自驱罢了!我觉得人生的意义与价值横竖是寻不着的;——至少现在的我们是如此——而求生的意志却是人人都有的。既然求生,当然要求好好的生。如何求好好的生,是我们各人"眼前的"最大的问题;而全人生的意义与价值却反是大而无当的东西,尽可搁在一旁,存而不论。因为要求好好的生,断不能用总解决的办法；若用总解决的办法，便是"好好的"三个字的意义，也尽够你一生的研究了，而"好好的生"终于不能努力去求的！这不是走入牛角湾里去了么？要求好好的生，须零碎解决，须随时随地去体会我生"相当的"意义与价值；我们所要体会的是刹那间的人生，不是上下古今东西南北的全人生！

着眼于全人生的人，往往忘记了他自己现在的生活。他们或以为人生的意义与价值在于过去；时时回顾着从前的黄金时代，涎垂三尺！而不知他们所回顾的黄金时代，实是传说的黄金时代！——就是真有黄金时代；区区的回顾又岂能将它招回来呢？他们又因为念旧的情怀，往往将自己的过去任情扩大，加以点染，作为回顾的资料，惆怅的因由。这种人将在惆怅，惋惜之中度了一生，永没有满足的现在——一刹那也没有！惆怅惋惜常与彷徨相伴；他们将彷徨一生而无一刹那的成功的安息！这是何等的空虚呀。着眼于全人生的，或以为人生的意义与价值在于将来；时时等待着将来的奇迹。而将来的奇迹真成了奇迹，永不降临于笼着手，踮着脚，伸着颈，只知道"等待"的人！他们事事都等待"明天"去做，"今天"却专作为等待之用；自然的，到了明天，又须等待明天的明天了。这种人到了死的一日，将还留着许许多多明天"要"做的事——只好来生再做了吧！他们以将来自驱，在徒然的盼望里送了一生，成功的安慰不用说是没有的，于是也没有满足的一刹那！"虚空的虚空"便是他们的运命了！这两种人的毛病，都在远离了现在——尤其是眼前的一刹那。

着眼于现在的人未尝没有。自古所谓"及时行乐"，正是此种。但重在行乐，容易流于纵欲；结果偏向一端，仍不能得着健全的，谐和的发展——仍不能得着好好的生！况且所谓"及时行乐"，往往"醉翁之意不在酒"；不过借此掩盖悲哀，并非真正在行乐。杨恽说："及时行乐耳，须富贵何时！"明明是不得志时的牢骚语。"遇饮酒时须饮酒，得高歌处且高歌"，明明是哀时事不可为而厌世的话。这都是消极的！消极的行乐，虽属及时，而意别有所寄；所以便不能认真做去，所以便不能体会行乐的一刹那的意义与价值——虽然行乐，不满足还是依然，甚至变本加厉呢！欧洲的颓废派，自荒于酒色，以求得刹那间官能的享乐为满足；在这些时候，他们见着美丽的幻想，认识了自己。他们的官能虽较从前人敏锐多多，但心情与纵欲的及时行乐的人正是大同小异。他们觉到现世的苦痛，已至忍无可忍的时候，才用颓废的办法，以求暂时的遗忘；正如糖面金鸡纳霜丸一般，面子上一点甜，里面却到心都是苦呀！友人某君说，颓废便是慢性的自杀，实能道出这一派的精微处。

总之，无论行乐派，颓废派，深浅虽有不同，却都是"伤心人别有怀抱"；他们有意的或无意的企图"生之毁灭"。这是求生意志的消极的表现；这种表现当然不能算是好好的生了。他们面前的满足安慰他们的力量，决不抵他们背后的不满足压迫他们的力量；他们终于不能解脱自己，仅足使自己沉沦得更深而已！他们所认识的自己，只是被苦痛压得变形了的，虚空的自己；决不是充实的生命，决不是的！所以他们虽着眼于现在，而实未体会现在一刹那的生活的真味；他们不曾体会着一刹那的意义与价值，仍只是白辜负他们的刹那的现在！

我们目下第一不可离开现在，第二还应执着现在。我们应该深入现在的里面，用两只手揪牢它，愈牢愈好！已往的人生如何的美好，或如何的乏味而可憎；已往的我生如何的可珍惜，或如何的可厌弃，"现在"都可不必去管它，因为过去的已"过去"了。——孔子岂不说"往者不可谏"么？将来的人生与我生，也应作如是观；无论是有望，是无望，是绝望，都还是未来的事，何必空空的担心呢？要晓得"现在"是最容易明白的；"现在"虽不是最好，却是最可努力的地方，就是我们总能管的地方。因为是最能管的，所以是最可爱的。

古尔孟①曾以葡萄喻人生：说早晨还酸，傍晚又太熟了，最可口的是正午时摘下的。这正午的一刹那，是最可爱的一刹那，便是现在。事情已过，追想是无用的；事情未来，预想也是无用的；只有在事情正来的时候，我们可以把捉它，发展它，改正它，补充它：使它健全，谐和，成为完满的一段落，一历程。历程的满足，给我们相当的欢喜。譬如我来此演讲，在讲的一刹那，我只专心致志地讲；决不想及演讲以前吃饭，看书等事，也不想及演讲以后发表讲稿，毁誉等事。——我说我所爱说的，说一句是一句，都是我心里的话。我说完一句时，心里便轻松了一些，这就是相当的快乐了。这种历程的满足，便是我所谓"我生相当的意义与价值"，便是"我们所能体会的刹那间的人生"。无论您对于全人生有如何的见解，这刹那间的意义与价值总是不可埋没的。您若说人生如电光泡影，则刹那便是光的一闪，影的一现。这光影虽是暂时的存在，但是有不是无，是实在不是空虚；这一闪一现便是实现，也便是发展——也便是历程的满足。您若说人生是不朽的，刹那的生当然也是不朽的。您若说人生向着死之路，那么，未死前的一刹

---

① 古尔孟：今译作"古尔蒙"，法国后期象征主义诗坛的领袖，著有诗集《西茉纳集》（一译《西摩妮集》）、随笔《海之美》等。——编者注

那总是生，总值得好好的体会一番的；何况未死前还有无量数的刹那呢？您若说人生是无限的，好，刹那也可说是无限的。无论怎样说，刹那总是有的，总是真的；刹那间好好的生总可以体会的。好了，不要再思前想后的了，耽误了"现在"，又是后来惋惜的资料，向谁去追索呀？你们"正在"做什么，就尽力做什么吧；最好的是 –ing，可宝贵的 –ing 呀！你们要努力满足"此时此地此我"！这叫做"三此"，又叫做刹那。

言尽于此，相信我的，不要再想，赶快去做你今晚的事吧；不相信的，也不要再想，赶快去做你今晚的事吧！

原载于 1924 年 6 月 1 日《春晖》第 30 期

生　命

沈从文

我好像为什么事情很悲哀，我想起"生命"。

每个活人都像是有一个生命，生命是什么，居多人是不曾想起的，就是"生活"也不常想起。我说的是离开自己生活来检视自己生活这样事情，活人中就很少那么作，因为这么作不是一个哲人，便是一个傻子了。"哲人"不是生物中的人的本性，与生物本性那点兽性离得太远了，数目稀少正见出自然的巧妙与庄严。因为自然需要的是人不离动物，方能传种。虽有苦乐，多由生活小小得失而来，也可望从小小得失得到补偿与调整。一个人若尽向抽象追究，结果纵不至于违反自然，亦不可免疏忽自然，观念将痛苦自己，混乱社会。因为追究生命"意义"时，即不可免与一切习惯秩序冲突。在同样情形下，这个人脑与手能相互为用，或可成为一思想家、艺术家，脑与行为能相互为用，或可成为一革命者。若不能相互为用，引起分裂现象，末了这个人就变成疯子。其实哲人或疯子，在违反生物原则，否认自然秩序上，将脑子向抽象思索，意义完全相同。

我正在发疯。为抽象而发疯。我看到一些符号，一片形，一把线，一种无声的音乐，无文字的诗歌。我看到生命一种最完整的形式，这一切都在抽象中好好存在，在事实前反而消灭。

有什么人能用绿竹作弓矢，射入云空，永不落下？我之想象，犹如长箭，向云空射去，去即不返。长箭所注，在碧蓝而明静之广大虚空。

明智者若善用其明智，即可从此云空中，读示一小文，文中有微叹与沉默，色与香，爱和怨。无著者姓名。无年月。无故事。无……然而内容极柔美。虚空静寂，读者灵魂中如有音乐，虚空明蓝，读者灵魂上却光明净洁。

大门前石板路有一个斜坡，坡上有绿树成行，长干弱枝，翠叶积叠，如翠翣，如羽葆，如旗帜。常有山灵，秀腰白齿，往来其间。遇之者即喑哑。爱能使人喑哑——一种语言歌呼之死亡。"爱与死为邻"。

然抽象的爱，亦可使人超生。爱国也需要生命，生命力充溢者方能爱国。至如阉寺①性的人，实无所爱，对国家，貌作热诚；对事，马马虎虎；对人，毫无情感；对理想，异常吓怕。也娶妻生子，治学问教书，做官开会，然而精神状态上始终是个阉人。与阉人说此，当然无从了解。

夜梦极可怪。见一淡绿百合花，颈弱而花柔，花身略有斑点青渍，倚立门边微微动摇。在不可知地方好像有极熟悉的声音在招呼：

"你看看好，应当有一粒星子在花中。仔细看看。"

于是伸手触之。花微抖，如有所怯。亦复微笑，如有所恃。因轻轻摇触那个花柄，花蒂，花瓣。近花处几片叶子全落了。

如闻叹息，低而分明。

…………

雷雨刚过。醒来后闻远处有狗吠。吠声如豹。半迷糊中卧床上默想，觉得惆怅之至。因百合花在门边动摇，被触时微抖或微笑，事实上均不可能！

起身时因将经过记下，用半浮雕手法，如玉工处理一片玉石，琢刻割磨。完成时犹如一壁炉上小装饰。精美如瓷器，素朴如竹器。

---

① 阉寺：宦官。——编者注

一般人喜用教育身份，来测量这个人道德程度。尤其是有关乎性的道德。事实上这方面的事情，正复难言。有些人我们应当嘲笑的，社会却常常给以尊敬，如阉寺。有些人我们应当赞美的，社会却认为罪恶，如诚实。多数人所表现的观念，照例是与真理相反的。多数人都乐于在一种虚伪中保持安全或自足心境。因此我焚了那个稿件。我并不畏惧社会，我厌恶社会，厌恶伪君子，不想将这个完美诗篇，被伪君子与无性感的女子眼目所污渎。

百合花极静。在意象中尤静。

山谷中应当有白中微带浅蓝色的百合花，弱颈长蒂，无语如语，香清而淡，躯干秀拔。花粉作黄色，小叶如翠珰。

法郎士曾写一《红百合》故事，述爱欲在生命中所占地位，所有形式，以及其细微变化。我想写一《绿百合》，用形式表现意象。

选自《烛虚》，文化生活出版社 1941 年 8 月

人死观

梁遇春

恍惚前二三年有许多学者热烈地讨论人生观这个问题，后来忽然又都搁笔不说，大概是因为问题已经解决了罢！到底他们的判决词是怎么样，我当时也有些概念，可惜近来心中总是给一个莫名其妙不可思议的烦闷罩着，把学者们拼命争得的真理也忘记了。这么一来，我对于学者们只可面红耳热地认做不足教的蠢货；可是对于我自己也要找些安慰的话，使这彷徨无依黑云包着的空虚的心不至于再加些追悔的负担。人生观中间的一个重要问题不是人生的目的么？可是我们生下来并不是自己情愿的，或者还是万不得已的，所以小孩一落地免不了娇啼几下。既然不是出自我们自己意志要生下来的，我们又怎么能够知道人生的目的呢？湘鄂的土豪劣绅给人拿去游街，他自己是毫无目的,并且他也未必想去明白游街的意义。小河是不得不流自然而然地流着,它自身却什么意义都没有,虽然它也曾带瓣落花到汪洋无边的海里,也曾带爱人的眼泪到他的爱人的眼前。勃浪宁①把我们比做大匠轮上滚成的花瓶。我客厅里有一个假康熙彩的大花瓶,我对它发呆地问它的意义几百回,它总是呆呆地站着,说不出一句话来。但是我却知道花瓶的目的同用处。人生的意义,或者只有上帝才晓得吧!还有些半疯不疯的哲学家高唱"人生本无意义,让我们自己做些意义"。梦是随人爱怎么做就怎么做的,不过我想梦最终脱不了是一个梦罢,黄粱不会老煮不熟的。

生不是由我们自己发动的,死却常常是我们自己去找的。自然在世界上多数人是"寿终正寝"的,可是自杀的也不少,或者是因为生活的压迫,也有是怕现在的快乐不能够继续下去而想借死来消灭将来的不幸,像一对夫妇感情极好却双双服毒同尽的(在嫖客娼妓中间更多),这些人都是以口问心,以心问口商量好去找死的。所以死对他们是有意义的,而且他们是看出些死的意义的人。我们既然在人生观这个迷园里走了许

---

① 勃浪宁:今译作"勃朗宁",英国诗人、剧作家,著有《戏剧抒情诗》《指环与书》等。——编者注

久，何妨到人死观来瞧一瞧呢。可惜"君子见其生不忍见其死"，所以学者既不摇旗呐喊在前，高唱各种人死观的论调，青年们也无从追随奔走在后。"天下兴亡，匹夫有责"，因此我做这部人死观，无非出自抛砖引玉的野心，希望能够动学者的心，对人死观也在切实研究之后，下个放之四海而皆准的判断。

若使生同死是我们的父母——不，我们不这样说，我们要征服自然——若使生同死是我们的子女，那么死一定会努着嘴抱怨我们偏心，只知道"生"不管"死"，一心一意都花在生上面。真的，不止我们平常时都是想着生。Hazlitt[①]死时候说："好吧！我有过快乐的一生。"（"Well, I've had a happy life."）他并没想死是怎么一回事。Charlotte Bronte[②]临终时候还对她的丈夫说："呵，我现在是不会死的，我会不会吗？上帝不至于分开我们，我们是这么快乐。"（"Oh! I am not going to die, am I? He will not seperate us, we have been so happy."）这真是不到黄河心不死。为什么我们这么留恋着生，不肯把死的神秘想一下呢？并且有时就是正在冥想死的伟大，何曾是确实把死的

---

① Hazlitt：哈兹里特，英国散文家、评论家，著有《拿破仑传》《席间闲谈》等。——编者注
② Charlotte Bronte：夏洛蒂·勃朗特，英国女作家，著有长篇小说《简·爱》。——编者注

实质拿来咀嚼，无非还是向生方面着想，看一下死对于生的权威。做官做不大，发财发不多，打战打败仗，于是乎叹一口气说："千古英雄同一死！"和"自古皆有死，莫不饮恨而吞声，任他生前何等威风赫赫，死后也是一样的寂寞"。这些话并不是真的对于死有什么了解，实在是怀着嫉妒，心惦着生，说风凉话，解一解怨气。在这里生对死，是借他人之纸笔，发自己之牢骚。死是在那里给人利用做抓爆栗子的猫脚爪，生却嘻皮涎脸地站在旁边受用。让我翻一段 Sir W. Raleigh① 在《世界史》（The History of the World）里的话来代表普通人对于死的观念罢。

只有死才能够使人了解自己，指示给骄傲人看他也不过是个普通人，使他厌恶过去的快乐；他证明富人是个穷光蛋，除壅塞在他口里的沙砾外，什么东西对他都没有意义；当他举起他的镜在绝色美人面前，他们看见承认自己的毛病同腐朽。呵！能够动人，公平同有力的死呀，谁也不能劝服的，你能够说服；谁也不敢想做的事，你做了；全世界所

---

① Sir W. Raleigh：沃尔特·雷利爵士，是英国文艺复兴时期的学者、诗人，著有《世界史》。——编者注

谄媚的人，你把他掷在世界之外，看不起他；你曾把人们的一切伟大，骄傲，残忍，雄心集在一块，用小小两个字"躺在这里"盖尽一切。

Death alone can make man know himself, show the proud and insolent that he is but object, and can make him hate his forepassed happiness; the rich man be proved a naked beggar, which hath interest in nothing but the gravel that fills his mouth; and when he holds his glass before the eves of the most beautiful, they see and acknowledge their own deformity and rottenness. O eloquent, just and mighty death whom none could advise, thou hast persuaded; what none hath presumed, thou hast cast out of the world and despised: thou hast drawn together all the extravagant greatness, all the pride, cruelty and ambition of man, and covered all over with two narrow words: "Hicjacet."

这里所说的是平常人对于死的意见，不过用伊利沙伯[①]

[①] 伊利沙伯：今译作"伊丽莎白"。——编者注

时代文体来写壮丽点,但是我们若使把它细看一番,就知道里头只含了对生之无常同生之无意义的感慨,而对着死国里的消息并没有丝毫透露出来。所以倒不如叫做生之哀辞,比死之冥想还好些。一般人口头里所说关于死的思想,剥蕉抽茧看起来,中间只包了生的意志,那里是老老实实的人死观呢。

庸人不足论,让我们来看一看沉着声音,两眼渺茫地望着青天的宗教家的话。他们在生之后编了一本"续编"。天堂地狱也不过如此如此。生与死给他们看来好似河岸的风景同水中反映的影象一样,不过映在水中的经过绿水特别具一种缥缈空灵之美。不管他们说的来生是不是镜花水月,但是他们所说死后的情形太似生时,使我们心中有些疑惑。因为若使死真是不过一种演不断的剧中一会的闭幕,等会笛鸣幕开,仍然续演,那么死对于我们绝对不会有这神秘似的,而幽明之隔,也不至于到现在还没有一线的消息。科学家对死这问题,含糊说了两句不负责任的话,而科学家却常常仍旧安身立命于宗教上面。而宗教家对死又是不敢正视,只用着生的现象反映在他们西洋镜,做成八宝楼台。说来说去还在执着人生观,用遁辞来敷衍人死观。

还有好多人一说到死就只想将死时候的苦痛。George

Gissing①在他的《草堂随笔》(*The Private Papers of Henry Ryrcroft*)说生之停止不能够使他恐怖,在床上久病却使他想起会害怕。当该萨(Caesar)②被暗杀前一夕,有人问那种死法最好,他说:"要最仓猝迅速的!"("That which should be most sudden!")疾病苦痛是生的一部分,同死的实质满不相干。以上这两位小窃军阀说的话还是人生观,并不能对死有什么真了解。

为什么人死观老是不能成立呢?为什么谁一说到死就想起生,由是眼睛注着生噜噜哧哧说一阵遁辞,而不抓着死来考究一下呢?约翰生(Johnson)③曾对Boswell④说:"我们一生只在想离开死的思想。"("The whole of life is but keeping away the thought of death.")死是这么一个可怕着摸不到的东西,我们总是设法回避它,或者将生死两个意义混起,做成一种骗自己的幻觉。可是我相信死绝对不是这么简单乏味的东

---

① George Gissing:乔治·古辛,英国小说家,曾因救助一位妓女而偷窃,故下文称为"小窃"。——编者注
② 该萨(Caesar):今译作"恺撒",古罗马杰出的军事统帅、政治家。——编者注
③ 约翰生(Johnson):今译作"约翰逊",即塞缪尔·约翰逊,英国作家、诗人,著有长诗《伦敦》《人类欲望的虚幻》等。——编者注
④ Boswell:鲍斯韦尔,英国传记作家,1763年结识英国文坛领袖塞缪尔·约翰逊,著有《约翰逊传》。——编者注

西。Andreyev①是窥得点死的意义的人。他写 *Lazarus*②来象征死的可怕,写《七个缢死的人》(*The Seven that were Hanged*)③来表示死对于人心理的影响。虽然这两篇东西我们看着都会害怕,它们中间都有一段新奇耀目的美。Christina Rossetti, Edgar Allan Poe, Ambrose Bieree 同 Lord Dunsany 对着死的本质也有相当的了解,所以他们著作里面说到死常常有种凄凉灰白色的美。④有人解释 Andreyev,说他身旁四面都被围墙围着,而在好多墙之外有一个一切墙的墙——那就是死。我相信在这一切墙的墙外面有无限的风光,那里有说不出的好境,想不来的情调。我们对生既然觉得二十四分的单调同乏味,为什么不勇敢地放下一切对生留恋的心思,深深地默想死的滋味。压下一切懦弱无用的恐怖,来对死的本体睇着细看一番。我平

---

① Andreyev:安德列耶夫,俄国小说家、剧作家,著有《七个被绞死的人》等。——编者注
② Lazarus:拉撒路,《圣经·约翰福音》中的人物,病危时没有等到耶稣的救治就死了,四天后却被耶稣复活,从山洞里走了出来。——编者注
③《七个缢死的人》(*The Seven that were Hanged*):今译为《七个被绞死的人》。——编者注
④ Christina Rossetti:克里斯蒂娜·罗塞蒂,英国诗人。Edgar Allan Poe:埃德加·爱伦·坡,美国诗人、小说家。Ambrose Bieree:安布里斯·比尔斯,美国作家,以短篇小说闻名。Lord Dunsany:邓萨尼勋爵,爱尔兰诗人、剧作家。——编者注

常看到骸骨总觉有一种不可名言的痛快,它是这么光着,毫无所怕地站在你面前。我真想抱着它来探一探它的神秘,或者我身里的骨,会同它有共鸣的现象,能够得到一种新的发现。骸骨不过是死宫的门,已经给我们这种无量的欢悦,我们为什么不漫步到宫里,看那千奇万怪的建筑呢。最少我们能够因此遁了生之无聊(ennui)的压迫,De Quincey①只将"猝死""暗杀"……当作艺术看,就现出了一片瑰奇伟丽的境界。何况我们把整个死来默想着呢?来,让我们这会死的凡人来客观地细玩死的滋味:我们来想死后灵魂不灭,老是这么活下去,没有了期的烦恼;再让我们来细味死后什么都完了,就归到没有了的可哀;永生同灭绝是一个极有趣味的 dilemma②,我们尽可和死亲昵着,赞美这个 dilemma 做得这么完美无疵,何必提到死就两对牙齿打战呢?人生观这把戏,我们玩得可厌了,换个花头吧,大家来建设个好好的人死观。

在 Carlyle③ 的 *The Life of John Sterling*④ 中有一封 Sterling

---

① De Quincey:德·昆西,英国散文家和批评家,著有《一个英国鸦片服用者的自白》等。——编者注

② dilemma:困境,窘境。——编者注

③ Carlyle:卡莱尔,苏格兰哲学家、评论家,著有《法国革命史》《过去与现在》等。——编者注

④ *The Life of John Sterling*:《约翰·斯特林的一生》。——编者注

在病快死时候写给 Carlyle 的信，中间说：

　　它（死）是很奇怪的东西，但是还没有旁观者所觉得的可悲的百分之一。

　　It is all very strange, but not one hundredth part so sad as it seems to the standers-by.

选自《春醪集》，北新书局 1930 年 3 月

永远的憧憬和追求

萧红

一九一一年,在一个小县城里边,我生在一个小地主的家里。那县城差不多就是中国的最东最北部——黑龙江省——所以一年之中,倒有四个月飘着白雪。

父亲常常为着贪婪而失掉了人性。他对待仆人,对待自己的儿女,以及对待我的祖父都是同样的吝啬而疏远,甚至于无情。

有一次,为着房屋租金的事情,父亲把房客的全套的马车赶了过来。房客的家属们哭着,诉说着,向着我的祖父跪了下来,于是祖父把两匹棕色的马从车上解下来还了回去。

为着这两匹马,父亲向祖父起着终夜的争吵。"两匹马,咱们是不算什么的，穷人，这两匹马就是命根。"祖父这样说着，而父亲还是争吵。

九岁时，母亲死去。父亲也就更变了样，偶然打碎了一只杯子，他就要骂到使人发抖的程度。后来就连父亲的眼睛也转了弯，每从他的身边经过，我就像自己的身上生了针刺一样：他斜视着你，他那高傲的眼光从鼻梁经过嘴角而后往下流着。

所以每每在大雪中的黄昏里，围着暖炉，围着祖父，听着祖父读着诗篇，看着祖父读着诗篇时微红的嘴唇。

父亲打了我的时候，我就在祖父的房里，一直面向着窗子，从黄昏到深夜——窗外的白雪，好像白棉一样的飘着；而暖炉上水壶的盖子，则像伴奏的乐器似的振动着。

祖父时时把多纹的两手放在我的肩上，而后又放在我的头上，我的耳边便响着这样的声音：

"快快长吧！长大就好了。"

二十岁那年，我就逃出了父亲的家庭。直到现在还是过着流浪的生活。

"长大"是"长大"了，而没有"好"。

可是从祖父那里，知道了人生除掉了冰冷和憎恶而外，还有温暖和爱。

所以我就向这"温暖"和"爱"的方面，怀着永久的憧憬和追求。

原载于1937年1月10日《报告》第1卷第1期

"迎上前去"

徐志摩

这回我不撒谎,不打隐谜,不唱反调,不来烘托;我要说几句至少我自己信得过的话,我要痛快的招认我自己的虚实,我愿意把我的花押在这张供状的末尾。

我要求你们大量的容许,准我在我第一天接手《晨报副刊》的时候,介绍我自己,解释我自己,鼓励我自己。

我相信真的理想主义者是受得住眼看他往常保持着的理想煨成灰,碎成断片,烂成泥,在这灰、这断片、这泥的底里,他再来发现他更伟大、更光明的理想。我就是这样的一个。

只有信生病是荣耀的人们才来不知耻的高声嚷痛;这时候他听着有脚步声,他以为有帮助他的人向着他来,谁知是他自己的灵性离了他去!真有志气的病人,在不能自己豁脱苦痛的时候，宁可死休，不来忍受医药与慈善的侮辱。我又是这样的一个。

我们在这生命里到处碰头失望，连续遭逢"幻灭"，头顶只见乌云，地下满是黑影，同时我们的年岁、病痛、工作、习惯，恶狠狠的压上我们的肩背，一天重似一天，在无形中嘲讽的呼喝着："倒，倒，你这不量力的蠢才！"因此你看这满路的倒尸，有全死的，有半死的，有爬着挣扎的，有默无声息的……嘿！生命这十字架，有几个人扛得起来？

但生命还不是顶重的担负，比生命更重实更压得死人的是思想那十字架。人类心灵的历史里能有几个天成的孟贲乌育①？在思想可怕的战场上我们就只有数得清有限的几具光荣的尸体。

我不敢非分的自夸；我不够狂，不够妄。我认识我自己力量的止境，但我却不能制止我看了这时候国内思想界萎瘪现象的愤懑与羞恶。我要一把抓住这时代的脑袋，问它要一点真思想的精神给我看看——不是借来的兑来的冒来的描来的东西，不是纸糊的老虎，摇头的傀儡，蜘蛛网幕面的偶像；我要的是

---

① 孟贲乌育：今译作"墨尔波墨涅"，希腊神话中专司悲剧的文艺女神。在近代西方作品中，墨尔波墨涅有时被用作"戏剧"的代名词。
——编者注

筋骨里迸出来，血液里激出来，性灵里跳出来，生命里震荡出来的真纯的思想。我不来问他要，是我的懦怯；他拿不出来给我看，是他的耻辱。朋友，我要你选定一边，假如你不能站在我的对面，拿出我要的东西来给我看，你就得站在我这一边，帮着我对这时代挑战。

我预料有人笑骂我的大话。是的，大话。我正嫌这年头的话太小了，我们得造一个比小更小的字来形容这年头听着的说话，写下印成的文字；我们得请一个想象力细致如史魏夫脱①（Dean Swift）的来描写那些说小话的小口，说尖话的尖嘴。一大群的食蚁兽！他们最大的快乐是忙着他们的尖喙在泥土里垦寻细微的蚂蚁。蚂蚁是吃不完的，同时这可笑的尖嘴却益发不住的向尖的方向进化，小心再隔几代连蚂蚁这食料都显太大了！

我不来谈学问，我不配，我书本的知识是真的十二分的有限。年轻的时候我念过几本极普通的中国书，这几年不但没有知新，温故都说不上，我实在是孤陋，但我却抱定孔子的一句话"知之为知之，不知为不知，是知也"，决不来强不知以为知；我并不看不起国学与研究国学的学者，我十二分尊敬他

---

① 史魏夫特：今译作"斯威夫特"。——编者注

们，只是这部分的工作我只能艳羡的看他们去做，我自己恐怕不但今天，竟许这辈子都没希望参加的了。外国书呢？看过的书虽则有几本，但是真说得上"我看过的"能有多少，说多一点，三两篇戏，十来首诗，五六篇文章，不过这样罢了。

科学我是不懂的，我不曾受过正式的训练，最简单的物理化学，都说不明白，我要是不预备就去考中学校，十分里有九分是落第，你信不信？天上我只认识几颗大星，地上几棵大树，这也不是先生教我的；从先生那里学来的，十几年学校教育给我的，究竟有些什么，我实在想不起，说不上，我记得的只是几个教授可笑的嘴脸与课堂里强烈的催眠的空气。

我人事的经验与知识也是同样的有限，我不曾做过工；我不曾尝味过生活的艰难，我不曾打过仗，不曾坐过监，不曾进过什么秘密党，不曾杀过人，不曾做过买卖，发过一个大的财。

所以你看，我只是个极平常的人，没有出人头地的学问，更没有非常的经验。但同时我自信我也有我与人不同的地方。我不曾投降这世界。我不受它的拘束。

我是一只没笼头的野马，我从来不曾站定过。我人是在这社会里活着，我却不是这社会里的一个，像是有离魂病似的，我这躯壳的动静是一件事，我那梦魂的去处又是一件事。我是一个傻子：我曾经妄想在这流动的生活里发现一些不变的价值，在这打谎的世上寻出一些不磨灭的真，在我这灵魂的冒险是生命核心里的意义；我永远在无形的经验的巉岩上爬着。

冒险——痛苦——失败——失望，是跟着来的，存心冒险的人就得打算他最后的失望；但失望却不是绝望，这分别很大。我是曾经遭受失望的打击，我的头是流着血，但我的脖子还是硬的；我不能让绝望的重量压住我的呼吸，不能让悲观的慢性病侵蚀我的精神，更不能让厌世的恶质染黑我的血液。厌世观与生命是不可并存的；我是一个生命的信徒，起初是的，今天还是的，将来我敢说也是的。我决不容忍性灵的颓唐，那是最不可救药的堕落，同时却继续躯壳的存在；在我，单这开口说话，提笔写字的事实，就表示后背有一个基本的信仰，完全的没破绽的信仰；否则我何必再做什么文章，办什么报刊？

但这并不是说我不感受人生遭遇的痛创；我决不是那童呆性的乐观主义者；我决不来指着黑影说这是阳光，指着云雾说这是青天，指着分明的恶说这是善；我并不否认黑影、云雾与恶，我只是不怀疑阳光与青天与善的实在；暂时的掩蔽与侵蚀不能使我们绝望，这正应得加倍的激动我们寻求光明的决心。前几天我觉着异常懊丧的时候无意中翻着尼采的一句话，极简单的几个字却涵有无穷的意义与强悍的力量，正如天上星斗的纵横与山川的经纬，在无声中暗示你人生的奥义，祛除你的迷悯,照亮你的思路,他说"受苦的人没有悲观的权利"(The sufferer has no right to pessimism),我那时感受一种异样的惊心,一种异样的彻悟——

> 我不辞痛苦,因为我要认识你,上帝;
> 我甘心,甘心在火焰里存身,
> 到最后那时辰见我的真,
> 见我的真,我定了主意,上帝,再不迟疑!

所以我这次从南边回来,决意改变我对人生的态度,我写信给朋友说这要来认真做一点"人的事业"了——

> 我再不想成仙,蓬莱不是我的份;
> 我只要这地面,情愿安分的做人。

在我这"决心做人,决心做一点认真的事业",是一个思想的大转变;因为先前我对这人生只是不调和不承认的态度,因此我与这现世界并没有什么相互的关系,我是我,它是它,它不能责备我,我也不来批评它。但这来我决心做人的宣言却就把我放进了一个有关系,负责任的地位,我再不能张着眼睛做梦，从今起得把现实当现实看：我要来察看，我要来检查，我要来清除，我要来颠扑，我要来挑战，我要来破坏。

人生到底是什么？我得先对我自己给一个相当的答案。人生究竟是什么？为什么这形形色色的，纷扰不清的现象——宗教，政治，社会，道德，艺术，男女，经济？我来是来了，可还是一肚子的不明白，我得慢慢的看古玩似的，一件件拿在手里看一个清切再来说话，我不敢保证我的话一定在行，我敢担保的只是我自己思想的忠实；我前面说过我的学识是极浅陋的，但我却并不因此自馁，有时学问是一种束缚，知识是一层障碍，我只要能信得过我能看的眼，能感受的心，我就有我的话说；至于我说的话有没有人听，有没有人懂，那是另外一件事，我管不着了——"有的人身死了才出世的"，谁知道一个人有没有真的出世那一天？

是的，我从今起要迎上前去！生命第一个消息是活动，第二个消息是搏斗，第三个消息是决定；思想也是的，活动的下文就是搏斗。搏斗就包含一个搏斗的对象，许是人，许是问题，许是现象，许是思想本体。一个武士最大的期望是寻着一个相当的敌手，思想家也是的，他也要一个可以较量他充分的力量的对象。"攻击是我的本性。"一个哲学家说，"要与你的对手相当——这是一个正直的决斗的第一个条件。你心存鄙夷的时候你不能搏斗。你占上风,你认定对手无能的时候你不应当搏斗。我的战略可以约成四个原则:——第一,我专打正占胜利的对象——在必要时我暂缓我的攻击,等他胜利了再开手;第二,我专打没有人打的对象,我这边不会有助手,我单独的站定一边——在这搏斗中我难为的只是我自己;第三,我永远不来对人的攻击——在必要时我只拿一个人格当显微镜用,借它来显出某种普遍的,但却隐遁不易踪迹的恶性;第四,我攻击某事物的动机,不包含私人嫌隙的关系,在我攻击是一个善意的,而且在某种情况下,感恩的凭证。"

这位哲学家的战略,我现在僭引作我自己的战略,我盼望我将来不至于在搏斗的沉酣中忽略了预定的规律,万一疏忽时我恳求你们随时提醒。我现在戴我的手套去!

选自《自剖》,新月书店 1928 年 1 月

略谈人生观

胡适

每个人可以说都有一个"人生观",我是以先几十年的经验,提供几点意见,供大家思索参考。

很多人认为个人主义是洪水猛兽,是可怕的,但我所说的是个平平常常,健全而无害的。干干脆脆的一个个人主义的出发点,不是来自西洋,也不是完全中国的。中国思想上具有健全的个人主义思想,可以与西洋思想互相印证。王安石是个一生自己刻苦,而替国家谋安全之道,为人民谋福利的人,当为非个人主义者。但从他的诗文可以找出他个人主义的人生观,为己的人生观。因为他曾将古代极端为我的杨朱与提倡兼爱的墨子相比。在文章中说:

为己是学者之本也，为人是学者之末也。学者之事必先为己为我，其为己有余，则天下事可以为人，不可不为人。

这就是说，一个人在最初的时候应该为自己，在为自己有余的时候，就该为别人，而且不可不为别人。

十九世纪的易卜生，他晚年曾给一位年轻的朋友写信说：

最期望于你的只有一句话，希望你能做到真实的、纯粹的为我主义，要你有时觉得天下事只有自己最重要，别不足想，你要想有益于社会最好的办法，就是把你自己这块材料铸成器。

另外一部自由主义的名著《自由论》，有一章"个性"，也一再的讲人最可贵的是个人的个性，这些话，便是最健全的个人主义。一个人应该把自己培养成器，使自己有了足够的知识、能力与感情之后，才能再去为别人。

孔子的门人子路，有一天问孔子说："怎样才能做一个君子？"孔子回答说："修己以敬。"这句话的意思，也就是要把自己慎重的培养、训练、教育好的意思，"敬"在古文解释为慎重。子路又说，这样够了吗？孔子回答说："修己以安人。"这句话的意思，就是先把自己培养、训练、教育好了，再为别人。子路又问，这样够了吗？孔子回答说："修己以安百姓。修己以安百姓，尧舜其犹病诸。"这句话的意思就是培养、训练、教育好了自己，再去为百姓。培养好了自己再去为百姓，就是圣人如尧舜，也很不易做到。孔子这一席话，也是以个人主义为起点的。自此可见，从十九世纪到现在，从现在回到孔子时代，差不多都是以修身为本。修身就是把自己训练、培养、教育好。因此个人主义并不是可怕的，尤其是年轻人确立一个人生观，更是需要慎重的把自己这块材料培养、训练、教育成器。

我认为最值得与年轻人谈的便是知识的快乐。一个人怎样能使生活快乐。人生是为追求幸福与快乐的，《美国独立宣言》中曾提及三种东西，即就是（1）生命，（2）自由，（3）追求幸福。但是人类追求的快乐范围很广，例如财富、婚姻、事业、工作等等。但是一个人的快乐，是有粗有细的，我在幼年的时候不用说，但自从有知以来，就认为，人生的快乐，就是知识的快乐，做研究的快乐，找真理的快乐，求证据的快乐。从求知识的欲望与方法中深深体会到人生是有限，知识是无穷的，以有限的人生，去探求无穷的知识，实在是非常快乐的。

二千年前有一位政治家问孔子门人子路说，你的老师是个怎样的人，子路不答。后来孔子知道了，说："你为什么不告诉他，你的老师'其为人也，发愤忘食，乐以忘忧，不知老之将至'。"从孔子这句话，可以体会到知识的乐趣。希腊科学家阿基米德在澡堂洗澡时，想出了如何分析皇冠的金子成分的方法，高兴得赤身从澡堂里跳了出来，沿街跑去，口中喊着："我找到了，我找到了。"这就是说明知识的快乐，一旦发现证据或真理的快乐。英国两位大诗人勃朗宁和丁尼生有两首诗，都是代表十九世纪冒险的，追求新的知识的精神。

最后谈谈社会的宗教说，一个人总是有一种制裁的力量的，相信上帝的人，上帝是他的制裁力量。我们古代讲孝，于是孝便成了宗教，成了制裁。现在在台湾宗教很发达，有人信最高的神，有人信很多的神，许多人为了找安慰都走上宗教的道路。我说的社会宗教，乃是一种说法，中国古代有此种观念，就是三不朽：立德，是讲人格与道德；立功，就是建立功业；立言，就是思想语言。在外国也有三个，就是 Worth, Work, Words。这三个不朽，没有上帝，没有灵魂，但却不十分民主。究竟一个人要立德，立功，立言到何种程度，我认为范围必须扩大，因为人的行为无论为善为恶都是不朽的。我国的古语"流芳百世，遗臭万年"，便是这个意思。……因此，我们的行为，一言一动，均应向社会负责，这便是社会的宗教，社会的不朽……我们千万不能叫我们的行为在社会上发生坏的影响，因为即使我们死了，我们留下的坏的影响仍是最永久存在的。"我们要一出言不敢忘社会的影响，一举步不敢忘社会的影响"。即使我们在社会上留一白点，但我们也绝不能留一点污点，社会即是我们的上帝，我们的制裁者。

选自《胡适杂文集》，太白文艺出版社1999年12月

徒步旅行者

朱湘

往常看见报纸上登载着某人某人徒步旅行的新闻,我总在心上泛起一种辽远的感觉,觉得这些徒步旅行者是属于另一个世界——一个浪漫的世界;他们与我,一个刻板式的家居者,是完全道不同不相为谋的。我思忖着,每人与生俱来的都带有一点冒险性,即使他是中国人,一个最缺乏冒险性的民族……希腊人不也是一个习于家居,不愿轻易的离开乡土的民族么?然而几千年来的文学中,那个最浪漫的冒险故事《奥德赛》,它正是希腊民族的产品。这一点冒险性既是内在的;它必然就要去自寻外发的途径,大规模的或是小规模的,顾及实益的或是超乎实益的。林德白[①]的横渡大西洋飞航,字

[①] 林德白:今译作"林德伯格""林白",瑞典裔美国飞行员,1927年5月20日至21日,驾驶单引擎飞机从纽约飞至巴黎,跨过了大西洋,因此获得奥特洛奖。——编者注

尔得①的南极探险，这些都是大规模的，因之也不得不是顾及实益的，——虽然不一定是顾虑到个人的实益，——唯有小规模的徒步旅行，它是超乎实益的，它并不曾存着一种目的，或是扩大国家的版图，或是准备将来军事上的需要，或是采集科学上的文献；徒步旅行如其有目的，我们最多也不过能说它是一种虚荣心的满足，这也是人情，不能加以非议——那一张沿途上行政人物的签名单也算不了什么宝贝，我们这些安逸的家居者倒不必去眼红，尽管由它去落在徒步旅行者的手中，作一个纪念品好了。这一种的虚荣心倒远强似那种两个人骂街，都要占最后一句话的上风的虚荣心。所以，就一方面说来，徒步旅行也能算得是艺术的。

史蒂文生②作过一篇《徒步旅行》，说得津津有味；往常我读它，也只是用了文学的眼光，就好像读他的《骑驴旅行》那样。一直到后来，在文学传记中知道了史氏自己是曾经尝过徒步旅行的苦楚的，是曾经在美国西部——这地方离开苏格兰，他的故乡，是多么远！——步行了多时，终于倒在地上，累的还是饿的呢，我记不清楚了，幸亏有人走过，将他救了转来的，

---

① 孛尔得：今译作"伯德"，美国海军少将，20世纪航空先驱者、极地探险家，首批飞越南、北两极的人，获得美国国会勋章。——编者注
② 史蒂文生：今译作"斯蒂文森"。——编者注

到了这时候，我回想起来他的那篇《徒步旅行》，那篇文笔如彼轻灵的小品文，我便十分亲切的感觉到，好的文学确是痛苦的结晶品；我又肃敬的感觉到，史氏身受到人生的痛苦而不容许这种丑恶的痛苦侵入他的文字之中，实在不愧为一个伟大的客观的艺术家，那"为艺术而艺术"的一句话，史氏确是可以当之而无愧。

史氏又有一篇短篇小说，*Providence and the Guitar*① 里面描写一个富有波希米亚性的歌者的浪游，那篇短篇小说的性质又与上引的《徒步旅行》不同，那是《吉诃德先生》②的一幅缩影，与孟代（Catulle Mendès）③的 *Je m'en vais par les chemins*, *li-re-lin* 一首歌词的境地倒是类似。孟氏的这首歌词说一个诗人浪游于原野之上，布袋里有一块白面包，口袋里有三个铜钱，——心坎里有他的爱友，——等到白面包与铜钱都被扒手给捞去了的时候，他邀请这个扒手把他的口袋也一齐捞去，因为他在心坎里依然存得有他的爱友。这是中古时代行吟诗人（Troubadour）的派头；没有中古时代，便容不了这些

---

① *Providence and the Guitar*：《天意和吉他》。——编者注
②《吉诃德先生》：即《唐·吉诃德》。——编者注
③ 孟代（Catulle Mendès）：今译作"卡图尔·孟戴斯"，法国诗人、剧作家，著有《诗集》《新诗集》等。——编者注

行吟诗人,连危用(Villon)①都嫌生迟了时代,何况孟氏。这个,我们只能认它作孟氏的取其快意的寄寓之词罢了。

就那个由浪游者改行作了诗人的岱维士(W. H. Davies)②说来,徒步旅行实在是他的拿手——虽说能够偷车的时候,他也乐得偷车。据他的《自传》所说,徒步旅行有两种苦处,狗与雨。他的《自传》那篇诚实的毫不浮夸的记载,只是很简单的一笔便将狗这一层苦处带过去了;不知道他是怕狗的呢,还是他作过对不住狗这一族的事,——至少,我们可以想象得出,狗的多事未尝不是为了主人,这个,就一个同情心最开阔的诗人说来,岱氏是应当已经宽恕了的;不过,在当时,肚里空着,身上冻着,腿上酸着,羞辱在他的心上,脸上,再还要加上那一阵吠声,紧追在背后提醒着他,如今是处在怎样的一种景况之内,这个,便无论一个人的容量有多么大,岱氏想必也是不能不介然于怀的。关于雨这一层苦处,岱氏说得很详尽;这个雨并非"润物细无声"的那种毛毛雨(其实说来,并不一定要它有声,只要它润了一天一夜,徒步旅行者便要在身上,心上

---

① 危用(Villon):今译作"维庸",法国中世纪最杰出的抒情诗人,著有《小遗言集》《大遗言集》。——编者注
② 岱维士(W. H. Davies):今译作"威廉·亨利·戴维斯",英国诗人、作家,著有《超级流浪汉自传》《失业的滋味》等。——编者注

沉重许多斤了），这个雨也并非"花落知多少"的那种隔岸观火的家居者的闲情逸致的雨；它不是一幅画中的风景，它是一种宇宙中的实体，濡湿的，寒冷的，泥泞的。那连三接四的梅雨，就家居者看来，都是十分烦闷，惹厌，要耽误他们的许多事务，败兴他们的各种娱乐；何况是在没遮拦的荒野中，那雨向你的身上，向你的没有穿着雨衣的身上洒来，浸入，路旁虽说有漾出火光的房屋，但是那两扇门向了你紧闭着，好像一张方口哑笑的向了你在张大，深刻化你的孤单，寒冷的感觉，这时候的雨是怎么一种滋味，你总也可以想象得出罢……不然，你可以去读岱氏的《自传》，去咀嚼杜甫的"布衾多年冷似铁，娇儿恶卧踏里裂……长夜沾湿何由彻！"那三句诗；再不然，你可以牺牲了安逸的家居，去作一个毫无准备的徒步旅行者。

　　杜甫也是一个迫于无奈的徒步旅行者；只要看他的"芒鞋见天子，脱袖露两肘"这寥寥十个字，我们便可以想象得出，他是步行了多少的时日，在途中与多少的困苦摩肩而过，以致两只衣袖都烂脱了；我们更可以想象开去，他穿着一双草鞋，多半是破的，去朝见皇帝于宫廷之上，在许多衣冠整肃的官吏当中，那是，就他自己说来，够多么可惨的一种境况；那是，就俗人说来，多么叫人齿冷的一种境况……至所谓"相见惊老丑",他还只曾说到他的"所亲"呢。①

我记得有一次坐火车经过黄河铁桥,正在一座一座的数计着铁栏的时候,看见一个老年的徒步旅行者站在桥的边沿,穿着破旧的还没有脱袖的短袄,背着一把雨伞,伞柄上吊着一个包袱;我当时心上所泛起的只是一种辽远的感觉,以及一种自己增加了坐火车的舒适的感觉……人类的囿于自我的根性呀!像我这样一个从事于文学的人尚且如此,旁人还能加以责备么?现在我所唯一引以自慰的,便是我还不曾堕落到那种嘲笑他们那般徒步旅行者的田地;杜甫的诗的沉痛,我当时虽是不能体味到,至少,我还没有嘲笑,我还没有自绝于这种体味。淡漠还算得是人之常情;敌视便是鄙俗了。

西方的徒步旅行者,我是说的那种迫于无奈的,我不知道他们是怎么一种行头,虽说吉卜西②的描写与他们的插图我是看见过的,大概就是那般在街上卖毯子的俄国人的装束,就那般瑟缩在轮船的甲板上的外国人的装束想象开去,我们也可以捉摸到一二了……这许多漂泊的异乡人内,不知道也有多少《哀王孙》的诗料呢。

---

① 此段中所引杜甫的诗词均出自《述怀》,原诗为:"麻鞋见天子,衣袖露两肘。……亲故伤老丑。"——编者注
② 吉卜西:吉卜赛人。——编者注

这卖毯子的人教我联想到危用，那个被驱出巴黎的徒步旅行者。他因为与同党窃售教堂中的物件，下了监牢，在牢里作成了那篇传诵到今的《吊死曲》，他是准备着上绞台的了；遇到皇帝登位，怜惜他的诗才，将他大赦，流徙出京城，这个"巴黎大学"的硕士，驰名于全巴黎的诗人便卢梭式的维持着生活，向南方步行而去；在奥类昂公爵①（Charles d'Orléans，也是一个驰名的诗人）的堡邸中，他逗留了一时，与公爵以及公爵的侍臣唱和了一篇限题为《在泉水的边沿我渴得要死》的 ballade（巴俚曲），——大概也借了几个钱；——接着，他又开始了他的浪游，一直到保兜地方，他才停歇了下来，因为又犯了事，被逼得停歇在一个地窖里。这又是教堂中人干的事；那个定罪名的主教治得他真厉害，不给他水喝，——忘记了耶稣曾经感化过一个妓女，——只给他面包吃，还不是新鲜的，他睡去了的时候，还要让地窖里的老鼠来分食这已经是少量的陈面包。徒步旅行者的生活到了这种田地，也算得无以复加了。

选自《中书集》，生活书店 1934 年 10 月

---

① 奥类昂公爵：今译作"奥尔良公爵"。——编者注

第六章

趁年轻，去爱吧

小船上的信

沈从文

船在慢慢的上滩,我背船坐在被盖里,用自来水笔来给你写封长信。这样坐下写信并不吃力,你放心。这时已经三点钟,还可以走两个钟头,应停泊在什么地方,照俗谚说:"行船莫算,打架莫看",我不过问。大约可再走廿里,应歇下时,船就泊到小村边去,可保平安无事。

船泊定后我必可上岸去画张画。你不知见到了我常德长堤那张画不?那张窄的长的。这里小河两岸全是如此美丽动人,我画得出它的轮廓,但声音、颜色、光,可永远无本领画出了。你实在应来这小河里看看,你看过一次,所得的也许比我还多,就因为你梦里也不会想到的光景,一到这船上,便无不朗然入目了。这种时节两边岸上还是绿树青山,水则透明如无物，小船用两个人拉着，便在这种清水里向上滑行，水底全是各色各样的石子。

舵手抿起个嘴唇微笑，我问他，"姓什么？""姓刘。""在这条河里划了几年船？""我今年五十三，十六岁就划船。"来，三三，请你为我算算这个数目。这人厉害得很，四百里的河道，涨水干涸河道的变迁，他无不明明白白。他知道这河里有多少滩，多少潭。看那样子，若许我来形容形容，他还可以说知道这河中有多少石头！是的，凡是较大的，知名的石头，他无一不知！水手一共是三个，除了舵手在后面管舵管篷管纤索的伸缩，前面舱板有两个人。其中一个是小孩子，一个是大人。两个人的职务是船在滩上时，就撑急水篙，左边右边下篙，把钢钻打得水中石头作出好听的声音。到长潭时则荡桨，躬起个腰推扳长桨，把水弄得哗哗的，声音也很幽静温柔。到急水滩时，则两人背了纤索，把船拉去，水急了些，吃力时就伏在石滩上，手足并用的爬行上去。

船是只新船，油得黄黄的，干净得可以作为教堂的神龛。我卧的地方较低一些，可听得出水在船底流过的细碎声音。前舱用板隔断，故我可以不被风吹。我坐的是后面，凡为船后的天、地、水，我全可以看到。

我就这样一面看水一面想你。我快乐，就想应当同你快乐；我闷，就想要你在我必可以不闷。我同船老板吃饭，我盼望你也在一角吃饭。我至少还得在船上过七个日子，还不把下行的计算在内。你说，这七个日子我怎么办？天气又不很好，并无太阳，天是灰灰的，一切较远的边岸小山同树木，皆裹在一层轻雾里，我又不能照相，也不宜画画。看看船走动时的情形，我还可以在上面写文章，感谢天，我的文章既然提到的是水上的事，在船上实在太方便了。倘若写文章得选择一个地方，我如今所在的地方是太好了一点的。不过我离得你那么远，文章如何写得下去。"我不能写文章，就写信。"我这么打算，我一定做到。我每天可以写四张，若写完四张事情还不说完，我再写。这只手既然离开了你，也只有那么来折磨它了。

我来再说点船上事情吧。船现在正在上滩，有白浪在船旁奔驰，我不怕，船上除了寂寞，别的是无可怕的。我只怕寂寞。但这也正可训练一下我自己。我知道对我这人不宜太好，到你身边，我有时真会使你皱眉，我疏忽了你，使我疏忽的原因便只是你待我太好，纵容了我。但你一生气，我即刻就不同了。现在则用一件人事把两人分开，用别离来训练我,我明白你如何在支配我管领我!为了只想同你说话,我便钻进被盖中去,闭着眼睛。你瞧,这小船多好!你听,水声多幽雅!你听,船那么轧轧响着,它在说话!它说:"两个人尽管说笑,不必担心那掌舵人。他的职务在看水,他忙着。"船真轧轧的响着。可是我如今同谁去说?我不高兴!

梦里来赶我吧,我的船是黄的,船主名字叫做"童松柏",桃源县人。尽管从梦里赶来,沿了我所画的小堤一直向西走,沿河的船虽万万千千,我的船你自然会认识的。这里地方狗并不咬人,不必在梦里为狗吓醒!

你们为我预备的铺盖,下面太薄了点,上面太硬了点,故我很不暖和,在旅馆已嫌不够,到了船上可更糟了。盖的那床被大而不暖,不知为什么独选着它陪我旅行。我在常德买了一斤腊肝,半斤腊肉,在船上吃饭很合适……莫说吃的吧,因为摇船歌又在我耳边响着了,多美丽的声音!

我们的船在煮饭了,烟味儿不讨人嫌。我们吃的饭是粗米饭,很香很好吃。可惜我们忘了带点豆腐乳,忘了带点北京酱菜。想不到的是路上那么方便,早知道那么方便,我们还可带许多宝贝来上面,当"真宝贝"去送人!

你这时节应当在桌边做事的。

山水美得很，我想你一同来坐在舱里，从窗口望那点紫色的小山。我想让一个木筏使你惊讶，因为那木筏上面还种菜！我想要你来使我的手暖和一些……

选自《湘行集》，岳麓书社1992年12月

醒来觉得甚是爱你 ①

朱生豪

第 19 封　爱你

昨夜我看见郑天然②向我苦笑。你被谁吹大了,皮肤像酱油一样,样子很不美,我说,你现在身体很好了,说这句话,心里甚为感动,想把你抱起来高高的丢到天上去。醒来觉得甚是爱你。

这两天我很快活,而且骄傲。

你这人,有点太不可怕。尤其是,一点也不莫名其妙。

朱

---

① 本文为作者与夫人宋清如 1933 年的书信节选。——编者注
② 郑天然:作者在之江大学时的同学和好友。——编者注

第20封　美梦

小姊姊：

你好？我……没有什么，很倦，又不甘心睡，也不愿写信。

家里有没有信？我希望你母亲早已好了。

又一星期过去，日子过得越快，我越高兴。我发誓永不自杀，除非有一天我厌倦了你。

每天每天你让别人看见你，我却看不见你，这是全然没有理由的，我真想要你喂奶给我吃。

有人说我胖了，我完全不相信，你相信不相信？你现在生得是不是还像我们上次会面时一样？也许你实在很丑也说不定，但我总觉得你比一切的美都美，我完全找不出你有任何可反对的地方，我甘心为你发痴。

如果你不欢喜我说这样话，我仍然可以否认这些话是我说的，因为我只愿意说你所喜欢听的话。

我是属于你的，永远而且完全地。愿你快乐。

专说骗人的诳话者　十一夜

如果我想要做一个梦，世界是一片大的草原，山在远处，青天在顶上，溪流在足下，鸟声在树上，如睡眠的静谧，没有一个人，只有你我，在一起跳着飞着躲着捉迷藏，你允不允许？因为你不允许我做的梦，我不敢做的。我不是诗人，否则一定要做一些可爱的梦，为着你的缘故。我不能写一首世间最美的抒情诗给你，这将是我终生抱憾的事。我多么愿意自己是个诗人，只是为了你的缘故。

第 21 封　烦躁

澄儿：

　　我应该听你话静静一些儿的，可是这颗心没办法好想，又写信了，你要不要打我手心？

　　今天我烦躁了整个儿的一天，晚上淋着雨到陈尧圣[①]家吃夜饭，也没有什么感想，不过发现赵梓芳夫妇俩也同住着，有些意外，而且离我这里那么近。回了转来，怎么也不能睡，虽没有话对你说，仍然执起笔来了。

---

① 陈尧圣：作者在之江大学时的同学。——编者注

上午曾写了几封信给我那些宝贝朋友们,但一封也不寄出,有什么意思呢?……我不高兴写了。你为什么爱朱朱①呢?(呵欠)

我想作诗,写雨,写夜的相思,写你,写不出。

选自《朱生豪情书全集》,中国青年出版社2013年2月

---

① 朱朱:作者经常使用的笔名。——编者注

寂　寞

鲁彦

忽然回忆起往日，就怀念到寂寞，起了怅惘之感。

在那矗立的松树下，松软的黄土上，她常常陪着我坐着，不说一句话。我从稀疏的枝叶织成的篮网间，望着天空的白云，看见了云的流动，看见了它所给予枝叶的各种奇特的颜色。我想知道这情景给予她的是些什么，但她只是闭着口，静默着连眼睛也不稍微向我转动一下。

我站起来，向着那斜坡上的小径走去，她也跟了走来。我默默地数着自己的脚步，轻声地踏着地上的沙砾。我仿佛听见了一种切切的密语。我想问她听见了一些什么，但她只是低着头在后面跟着，仿佛没有看见她前面的人，只是静默着。

我停住在一个坟墓的前面，望着它顶上战栗着的那些小草。我仿佛看见了那里有人走过。我记不起那熟识的影子是谁。我想问她，但她转过身去，用背对着我，只是静默着。

我走到了一道小河的旁边，我就坐在那木桥的一头。她也在我旁边坐了下来。我静静地望着那流水，那浮萍，倾听着小鱼的跳跃声，想到了很多很多的事情。我感到了抑郁，从心底里哼出了不可遏抑的叹息。但她没有听见似的，全不安慰我，也不问我。我看见了自己的影子，我哭了。我的眼泪落到流水上，发出响亮的声音，流水涌了起来，滚到了我的脚边。我发了狂，我想走下去，因为我爱那流水。但是她毫不感到恐怕，她仿佛完全不知道我想的什么。她只是低着头，合着眼，闭着嘴，静默着，静默着。

我对她起了厌恶，我走了，我不准她再跟着我，我把她毫不留情的推了开去。我离开她走到了很远很远的地方。我发誓永不再见她。

但是那矗立的松树和松软的黄土，那斜坡的小径和沙砾，和那坟墓上的小草，以及那流水，木桥，浮萍，都和我太熟识了，我几乎能够数出它们的每一根纤维。它们和我是那样的亲切。

我愿意再回到那里，和它们盘桓，再让寂寞陪伴着我！

选自《鲁彦散文集》，开明书店 1947 年 6 月

寄给一个失恋人的信（二）

梁遇春

秋心：

在我心境万分沉闷的时候，接到你由艳阳的南方来的信，虽然只是潦草几行，所说的又是凄凉酸楚的话，然而我眉开眼笑起来了。我不是因为有个烦恼伴侣，所以高兴。真真尝过愁绪的人，是不愿意他的朋友也挨这刺心的苦痛。那个躺在床上呻吟的病人，会愿意他的家人来同病相怜呢？何况每人有自各的情绪，天下绝找不出同样烦闷的人们。可是你的信，使我回忆到我们的过去生活；从前那种天真活泼充满生机的日子却从时光宝库里发出灿烂的阳光，我这彷徨怅惘的胸怀也反照得生气勃勃了。

你信里很有流水年华，春花秋谢的感想。这是人们普遍都感到的。我还记得去年读 Arnold Bennett① 的 *The Old Wives' Tale*② 最后几页的情形。那是在个静悄悄的冬夜，电灯早已暗了，烛光闪着照那已熄的火炉。书中是说一个老妇人在她丈夫死去那夜的悲哀。"最感动她心的是他曾经年轻过，渐渐的老了，现在是死了。他一生就是这么一回事。青春同壮年总是这么结局。什么事情都是这么结局。"Bennett 到底是写实派第一流人物，简简单单几句话把老寡妇的心事写得使我们不能不相信。我当时看完了那末章，觉有个说不出的失望，痴痴的坐着默想，除了渺茫，惨淡，单调，无味，……几个零碎感想外，又没有什么别的意思。以后有时把这些话来咀嚼一下，又生出赞美这青春同逝水一般流去了的想头。假使世上真有驻颜的术，不老的丹，Oscar Wilde③ 的 Dorian Gray④ 的梦真能实现，每人都有无穷的青春，那时我们的苦痛比现在恐怕会好得多

---

① Arnold Bennett：阿诺德·本涅特，英国作家，著有《克莱汉格》三部曲。——编者注
② *The Old Wives' Tale*：《老妇人的故事》。——编者注
③ Oscar Wilde：奥斯卡·王尔德，英国 19 世纪最伟大的作家与艺术家之一，著有《道林·格雷的画像》《自深深处》《夜莺与玫瑰》等。
——编者注
④ Dorian Gray：道林·格雷，王尔德《道林·格雷的画像》中的主人公。
——编者注

些，另外有"青春的悲哀"了。本来青春的美就在它那种蜻蜓点水燕子拍绿波的同我们一接近就跑去这一点。看着青春的易逝，才觉得青春的可贵，因此也更想能够在这一去不返的瞬间里得到无穷的快乐。所以在青春时节我们特别有生气，一颗心仿佛是清早的园花，张大了瓣吸收朝露。青春的美大部分就存在着这种努力享乐惟恐不及生命力的跳跃。若使每人前面全现一条不尽的花草缤纷的青春的路，大家都知道青春是常住的，没有误了青春的可怕，谁天天也懒洋洋起来了。青春给我们一抓到，它的美就失丢了，同肥皂泡子相像，只好让它在空中飞翔，将青天红楼全缩映在圆球外面，可是我们的手一碰，立刻变为乌有了。

就说是对这呆板不变的青春，我们仍然能够有些赞赏，不断单调的享乐也会把人弄烦腻了，天下没整天吃糖口胃不觉难受的人。而且把青春变成家常事故，它的浪漫缥缈的美丽也全不见了。本来人活着精神物质方面非动不可，所以在对将来抱着无限希望同捶心跌脚追悔往事，或者回忆从前黄金时代这两个心境里，生命力是不停地奔驰，生活也觉得丰富，而使精神停住来享受现在是不啻叫血管不流一般地自杀政策，将生命的花弄枯萎了。不同外河相通的小池终免不了变成秽水，不同别人生同情的心总是枯涸无聊。没有得到爱的少年对爱情是赞美的，做黄金好梦的恋人是充满了欢欣，失恋人同结婚不得意的人在极端失望里爆发出一线对爱情依依不舍的爱恋，和凤凰烧死后又振翼复活再度幼年的时光一样。只有结婚后觉得满意的人是最苦痛的，他们达到日日企望的地方，却只觉空虚渐渐的涨大，说不出所以然来，也想不来一个比他们现状再好的境界，对人生自然生淡了，一切的力气免不了麻痹下去。人生最怕的是得意，使人精神废弛，一切灰心的事情无过于不散的筵席。你还记得前年暑假我们一块划船谈 Wordsworth① 诗的快乐罢？那时候你不是极赞美他那首 *Yarrow Unvisited*②，说我们应当不要走到尽头，高声地唱：

> Twill soothe us in our sorrow,
>
> That earth has something yet to show,
>
> The bonny holms of Yarrow!

青春之所以可爱也就在它给少年以希望，赠老年以惆怅（安慰人的能力同希望差不多，比心满意足，登高山洒几滴亚

---

① Wordsworth：华兹华斯，英国浪漫主义诗人，著有《我好似一朵流云独自漫游》《序曲》等。——编者注
② *Yarrow Unvisited*：《被遗忘的蓍草》。——编者注

历山大的泪的空虚是好几万倍了）。好多人埋怨青春骗了我们，先允许我们一个乐园，后来毫不践言只送些眼泪同长叹。然而这正是青春的好处，它这样子供给我们活气，不至于陷于颓偿了的无为。希望的妙处全包含在它始终是希望这样事里面，若使每个希望都化做铁硬的事实，那样什么趣味一笔勾销了的世界还有谁愿意住吗？所以年轻人可以唱恋爱的歌，失恋人同死了爱人的人也做得出很好失望（希望的又一变相，骨子里差不多的东西）同悼亡的诗，只有那在所谓甜蜜家庭两人互相妥协着的人们心灵是化作灰烬。Keats[①]在情诗中歌颂死同日本人无缘无故地相约情死全是看清楚此中奥妙后的表现。他们只怕青春的长留着，所以用死来划断这青春黄金的线。这般情感锐敏的人若生在青春常住的世界，他们的受难真不是言语所能说。这些话不是我有意要慰解你才说的，这的确我自己这么相信。春花秋谢，谁看着免不了嗟叹。然而假设花老是这么娇红欲滴的开着，春天永久不离大地，这种雕刻似的死板板的美景更会令人悲伤。因为变更是宇宙的原则，也可算做赏美中一般重要成分。并且春天既然是老滞在人间，我们也跟着失丢了每年一

---

① Keats：济慈，英国19世纪初期浪漫主义诗人，与雪莱、拜伦齐名，著有《伊莎贝拉》《夜莺颂》等。——编者注

度欢迎春来热烈的快乐。由美神经灵敏人看来，残春也别有它的好处，甚至比艳春更美，为的是里面带种衰颓的色调，互相同春景对照着，十分地显出那将死春光的欣欣生意。夕阳所以"无限好"，全靠着"近黄昏"。让瞥眼过去的青春长留个不灭的影子在心中，好像Pompeii①废墟，劫后余烬，有人却觉得比完整建筑还好。若使青春的失丢，真是件惨事，倚着拐杖的老头也不会那么笑嘻嘻地说他们的往事了。

选自《春醪集》，北新书局1930年3月

---

① Pompeii：庞贝古城，古罗马的港口城市，公元79年毁于维苏威火山爆发。——编者注

她走了

梁遇春

　　她走了，走出这古城，也许就这样子永远走出我的生命了。她本是我生命源泉的中心里的一朵小花，她的根总是种在我生命的深处，然而此后我也许再也见不到那隐有说不出的哀怨的脸容了。这也可说我的生命的大部分已经从我生命里消逝了。

　　两年前我的懦怯使我将这朵花从心上轻轻摘下，（世上一切残酷大胆的事情总是懦怯弄出来的，许多自杀的弱者，都是因为起先太顾惜生命了，生命果然是安稳地保存着，但是自己又不得不把它扔掉。弱者只怕失败，终免不了一个失败，天天兜着这个圈子，兜的回数愈多，也愈离不开这圈子了！）——两年前我的懦怯使我将这朵小花从心上摘下，花叶上沾着几滴我的心血，它的根当还在我心里，我的血就天天从这折断处涌出，化成脓了。所以这两年来我的心里的贫血症是一年深一年了。今天这朵小花，上面还濡染着我的血，却要随着江水——清流乎？浊流乎？天知道！——流去，我就这么无能为力地站在岸上，这么心里狂涌出鲜红的血。

"谁道人生无再少，门前流水尚能西"，但是我凄惨地相信西来的弱水绝不是东去的逝波。否则，我愿意立刻化作牛矢满面的石板在溪旁等候那万万年后的某一天。

她走之前，我向她扯了多少瞒天的大谎呀！但是我的鲜血都把它们染成为真实了。还没有涌上心头时是个谎话，一经心血的洗礼，却变做真实的真实了。我现在认为这是我心血惟一的用处。若使她知道个个谎都是从我心房里榨出，不像那信口开河的真话，她一定不让我这样不断地扯谎着。我将我生命的精华搜集在一起，仝放在这些谎话里面，掷在她的脚旁，于是乎我现在剩下来的只是这堆渣滓，这个永远是渣滓的自己。我好比一根火柴，跟着她已经擦出一朵神奇的火花了，此后的岁月只消磨于躺在地板上做根腐朽的木屑罢了！人们践踏又何妨呢？"推枰犹恋全输局"，我已经把我的一生推在一旁了，而且丝毫也不留恋着。

她劝我此后还是少抽烟，少喝酒，早些睡觉，我听着我心里欢喜得正如破晓的枝头弄舌的黄雀,我不是高兴她这么挂念着我,那是用不着证明的,也是言语所不能证明的,我狂欢的理由是我看出她以为我生命还未全行枯萎,尚有留恋自己生命的可能,所以她进言的时期还没有完全过去;否则,她还用得着说这些话吗?我捧着这血迹模糊的心求上帝,希望她永久保留有这个幻觉。我此后不敢不多喝酒,多抽烟,迟些睡觉,表示我的生命力尚未全尽,还有心情来扮个颓丧者,因此使她的幻觉不全是个幻觉。虽然我也许不能再见她的倩影了,但是我却有些迷信,只怕她靠着直觉能够看到数千里外的我的生活情形。

她走之前,她老是默默地听我的忏情的话,她怎能说什么呢?我怎能不说呢?但是她的含意难伸的形容向我诉出这十几年来她辛酸的经验,悲哀已爬到她的眉梢同她的眼睛里去了,她还用得着言语吗?她那轻脆的笑声是她沉痛的心弦上弹出的绝调,她那欲泪的神情传尽人世间的苦痛,她使我凛然起敬,我觉得无限的惭愧,只好滤些清净的心血,凝成几句的谎言。天使般的你呀!我深深地明白你会原宥,我从你的原宥我得到我这个人惟一的价值。你对我说:"女子多半都是心地极偏狭的,顶不会容人的,我却是心地最宽大的。"你这句自白做了我黑暗的心灵的闪光。

我真认识得你吗？真走到你心窝的隐处吗？我绝不这样自问着，我知道在我不敢讲的那个字的立场里，那个字就是惟一的认识。心心相契的人们那里用得着知道彼此的姓名和家世。

你走了，我生命的弦戛然一声全断了，你听见了没有？

写这篇东西时，开头是用"她"字，但是有几次总误写做"你"字，后来就任情地写"你"字了。仿佛这些话迟早免不了被你瞧见，命运的手支配着我的手来写这篇文字，我又有什么办法哩！

选自《泪与笑》，开明书店1934年6月

图书在版编目（CIP）数据

好好过一生 / 史铁生等著. — 成都：天地出版社，2024.8
ISBN 978-7-5455-8353-3

Ⅰ.①好… Ⅱ.①史… Ⅲ.①散文集－中国－当代 Ⅳ.①I267

中国国家版本馆CIP数据核字（2024）第089869号

HAOHAO GUO YISHENG

好好过一生

出 品 人	陈小雨　杨　政
作　　者	史铁生等
责任编辑	柳　媛
责任校对	马志侠
封面设计	V　霄
责任印制	王学锋

出版发行	天地出版社 （成都市锦江区二色路238号　邮政编码：610023） （北京市方庄芳群园3区3号　邮政编码：100078）
网　　址	http://www.tiandiph.com
电子邮箱	tianditg@163.com
经　　销	新华文轩出版传媒股份有限公司

印　　刷	北京义昌阁彩色印刷有限责任公司
版　　次	2024年8月第1版
印　　次	2024年8月第1次印刷
开　　本	880mm×1230mm　1/32
印　　张	8
插　　页	8P
字　　数	150千字
定　　价	49.80元
书　　号	ISBN 978-7-5455-8353-3

版权所有◆违者必究

咨询电话：(028) 86361282（总编室）
购书热线：(010) 67693207（营销中心）

如有印装错误，请与本社联系调换

成都锦创文学·分享人生

天喜文化